DUCULOT

L'éventail des loisirs offerts à la jeunesse ne cesse de s'élargir.
Dans une gamme très vaste d'activités récréatives et culturelles, la lecture constitue un acte vraiment personnel, susceptible de favoriser l'imagination et la réflexion.

TRAVELLING est une collection de romans qui s'adresse aux jeunes.
Cernant de près les réalités de notre temps, elle répond à l'exigence qu'ils expriment : mieux se comprendre et comprendre le monde.
Les ouvrages qu'elle propose allient à l'authenticité des situations un style direct et original.

Dans la même collection :

1/ H. PIROTTE : **L'enfer des orchidées.**
2/ F. DE CESCO : **Le désert bleu.**
3/ R. REGGIANI : **La véritable mort du sorcier Vincenzo** (Epuisé).
4/ J. LINGARD : **Au-delà des barricades.**
5/ I. MASSON : **L'oiseau d'argent** (Epuisé).
6/ J.-P. RAEMDONCK : **A l'Etoile de Mer** (Epuisé).
7/ Ch. DELSTANCHES et H. VIERSET : **Tu n'es pas mort à Stalingrad.**
8/ C. CRANE : **La fugue de Diane.**
9/ M. ARGILLI : **Ciao, Andrea** (Epuisé).
10/ J. HELD : **La part du vent** (Epuisé).
11/ L. SETTI : **Dernier mois d'école.**
12/ L.-N. LAVOLLE : **Le feu des mages** (Epuisé).
13/ M.-A. BAUDOUY : **Un passage difficile.**
14/ L.-N. LAVOLLE : **Le paria.**
15/ F. BASTIA : **Le cri du hibou.**
16/ B. BAROKAS : **La révolte d'Ayachi.**
17/ F. BASTIA : **L'herbe naïve** (Epuisé).
18/ W. FÄHRMANN : **Quand le vent se lève...** (Epuisé).
19/ F. BASTIA : **Vingt jours-quarante jours**** (Epuisé).
20-21/ F. DE CESCO : **La route de Lhassa** (Epuisé).
22/ J.-M. FONTENEAU : **Un petit garçon pas sage.**
23/ I. BAYER : **Les quatre libertés d'Anna B.**
24/ R.-N. PECK : **Vie et mort d'un cochon.**
25/ W. CAMUS : **Les deux mondes.**
26/ W. CAMUS : **Les ferrailleurs.**
27/ B. BAROKAS : **Les tilleuls verts de la promenade.**
28/ MARINOU : **Le cabri du Supramonte** (Epuisé).
29/ O.F. LANG : **Mes campesinos.**
30/ G. GRAHAM : **La guerre des innocents.**
31/ J. DONOVAN : **Fred et moi** (Epuisé).
32/ M.-A. BAUDOUY : **Vivre à Plaisance** (Epuisé).
33/ L.-N. LAVOLLE : **Le village des enfants perdus.**
34/ Gine VICTOR : **La chaîne.**
35/ P. PELOT - W. CAMUS - J. COUÉ : **le canard à trois pattes** (Epuisé).
36/ F. HOLMAN : **Le robinson du métro.**
37/ Gil LACQ : **Chantal et les autres.**
38/ J. DONOVAN : **La dernière expérience** (Epuisé).
39/ B. BAROKAS : **Le plus bel âge de la vie.**
40/ M. FERAUD : **Anne ici, Sélima là-bas.**
41/ M.-A. BAUDOUY : **Le garçon du bord de l'eau** (Epuisé).
42/ H. MONTARDRE : **La quête aux coquelicots.**
43/ L. LOWRY : **Un été pour mourir.**
44/ J. CERVON : **La marmite des cannibales** (Epuisé).
45/ A. CLAIR : **L'amour d'Aïssatou** (Epuisé).
46/ I. KORSCHUNOW : **Christophe** (Epuisé).
47/ M.-A. BAUDOUY : **Sylvie de Plaisance** (Epuisé).

48/ L. FILLOL : **Chemins...**
49/ M. ARGILLI : **Sous le même ciel.**
50-51/ L. LOWRY : **La longue quête de Nathalie.**
52/ M. FERAUD : **Les plumes de l'ange** (Epuisé).
53/ M.-C. SANDRIN : **Salut Baby !**
54/ J. CERVON : **Le dernier mirage.**
55/ R. PECK : **Les intrus de Parc Paradis.**
56/ P. CORAN : **La mémoire blanche.**
57/ J. BOIREAU : **Petite chronique d'avant l'été.**
58/ F. BASTIA : **La Traille.**
59/ R.F. BRANCATO : **Au micro Dan Forsythe.**
60/ H. PIROTTE : **Le cargo des Papous** (Epuisé).
61/ F. HOLMAN : **L'assassin d'Ashlymine.**
62/ Y. LOISEAU : **L'odyssée de Sandrine.**
63/ J.-P. NOZIERE : **Tu vaux mieux que mon frère.**
64/ P. CORAN : **La peau de l'autre.**
65/ C. RAUCY : **Cocomero.**
66/ E. DESSARRE : **Cet amour-là.**
67/ A. MARTEL : **Révolte à la Cité de Transit.**
68/ L. FILLOL : **Le Cheval-de-Mer.**
69/ J. CERVON : **Les enfants de la planète.**
70/ C. RAUCY : **Le temps des cerises.**
71/ L. BOGRAD : **Le journal des Kolokol.**
72/ Gil LACQ : **Personne ne m'aime.**
73/ C.-R. et L.-G. TOUATI : **Rendez-vous ailleurs.**
74/ J. CERNAUT : **Terre Franche.**
75/ S. SENS : **Bérénice ou le bonheur oublié.**
76/ G. PAUSEWANG : **Les derniers enfants de Schewenborn.**
77/ J.-P. NOZIERE : **Cher vieux Cochise.**
78/ M.-A. BAUDOUY : **Le voyage d'Ahmed.**
79/ Ch. LIBENS et C. RAUCY : **Ecrase, négus.**
80/C.-R. et L.-G. TOUATI : **Le dernier lion.**
81/L. FILLOL : **Un oiseau de toutes les couleurs.**
82/C. RAUCY : **Les coprins chevelus.**
83/M. SACHS : **La grosse**
84/ J. CERVON : **Le tambour des sables.**
85/ I. BAYER : **Voyage à Vichy.**
86/ DELPERDANGE : Comme une bombe.
87/ L. DELLISSE et M.-F. PLISSART : L'ours en cage.
88-89-90/ R. LELOUP : **Le Pic des Ténèbres.**

Marie Féraud

ANNE ICI, SÉLIMA LÀ-BAS

TRAVELLING

Illustration de couverture :
Marc Sevrin
Conception graphique : Filigrane

(Imprimé en Belgique
sur les presses Duculot.)

D. 1986.0035.50
Dépôt légal : juillet 1986
ISBN 2-8011-0629-1
(ISBN 2-8011-0202-4, 1re édition)
ISSN 0379-6949

Anne ici…

Le jour où j'ai décidé de m'appeler Anne, c'était au lycée et j'entrais en seconde.

Ce jour-là, j'ai tué Sélima. Martine, qui redoublait, est venue s'asseoir à côté de moi parce que j'avais l'air sérieux et qu'elle n'avait pas envie de tripler. Elle m'a tout de suite demandé :

— Et toi, comment tu t'appelles ?

J'ai répondu — et vraiment je ne me rappelle pas avoir hésité :

— Anne, Anne Jelloud.

Pour moi-même, j'ai répété « Anne, Anne, Anne... » une bonne douzaine de fois. J'étais contente. Pas affolée du tout. Tout à fait contente.

Je venais d'être admise de justesse en seconde. Grâce à mes profs du CES Langevin, qui avaient eu le temps de s'apercevoir que les élèves comme moi, il faut les chercher à la loupe. Ce type d'élèves : les bonnes pâtes, les inconditionnels, ceux qu'on a dans la poche le premier jour, d'un seul coup d'œil un peu appuyé, donnent un sens à leur métier. J'ai toujours été ce qu'on appelle en salle des profs « une élève sérieuse ».

« Elève sérieuse », c'est ce qui a caractérisé ma scolarité. Mon père éclatait de fierté quand il lisait les déclarations du conseil d'orientation en les prenant au pied de la lettre. Moi aussi. « Sélima est une élève extrêmement consciencieuse, sérieuse et appliquée, certainement intelligente mais handicapée par une grande difficulté d'expression orale et écrite ». Et pour pouvoir me payer des leçons d'expression orale et écrite, mon père a fait des heures supplémentaires sur son chantier. Il ne savait pas lire entre les lignes ; moi non plus. Ma « certaine intelligence », dans la tête du conseil de classe, devait ressembler à une nappe phréatique très, très souterraine, perdue sous des couches et des couches de handicaps de toutes sortes. Mais ce sont précisément ces nappes-là qui font le bonheur des géologues-pédagogues à vocation... Comme mes profs avaient dû s'admirer de leur constance ! Mon passage en seconde a dû être une récompense qu'ils s'attribuaient à eux-mêmes.

Mais ça n'est pas venu d'un coup. J'ai eu, par exemple en quatrième, un prof de français qui m'expliquait patiemment :

— Sélima, mon petit, il faut oublier votre langue maternelle quand vous entrez en classe... Certes, c'est une belle langue ! Mais pensez à un gâteau, une tarte par exemple, une tarte où on remplacerait le sucre par du sel... Elle aurait un goût détestable, n'est-ce pas ?... Imaginez donc que le français est une tarte. Utilisez du sucre et non du sel... Vous lui trouverez un goût merveilleux et vous n'en voudrez plus d'autre !

Moi, je répondais « oui, oui », sans bien comprendre. Et, avec habileté, elle m'a enseigné à moins « saler » mes rédactions. A la fin de l'année, je ne confondais plus le présent et le futur comme en arabe, et je plaçais mes adjectifs à peu près correctement.

Mais comme on ne peut pas tout savoir du premier coup, mon vocabulaire est resté pauvre. Parce que, dans nos HLM, il n'est pas très étendu, juste réduit au nécessaire. Quand la discussion menace de s'éterniser, on se sert des images de la langue maternelle... Je connais comme ça des tas d'images en arabe, en portugais, en italien...

Pourtant, le jour où j'ai commencé à repérer les fautes de grammaire chez les autres enfants immigrés de la cité où j'habite, je me suis crue sauvée. Et j'avais peut-être raison parce que, à l'époque, on subissait un écrémage en règle au CES. La plupart d'ailleurs s'en moquaient. Djawed, par exemple — je parle de lui parce qu'il tient une place importante dans cette histoire — Djawed, c'était le plus fou de tous, et mon aîné de deux ans. Pour fêter ses seize ans, lui et sa bande ont démoli les préfabriqués de leur classe de transition. Et quand je dis démoli, ce n'est pas trois carreaux de cassés, c'est vraiment démoli, les portes et même les murs, enfin tout ce qui tenait à peu près debout s'est retrouvé par terre. Il a fallu une semaine pour réparer les dégâts et, le jour de cet exploit, à la sortie des cours, après le passage des flics et des pompiers, ils sont revenus insulter les profs en arabe. Je n'avais jamais eu honte d'être arabe, mais ce jour-là, oui. La rage m'a prise et je me suis déchaînée contre eux avec une bande d'élèves français. On a protégé les profs contre leurs jets de cailloux en attendant l'arrivée des flics.

Sur le moment, et devant les « franquaouis », comme il dit, Djawed n'a pas bronché. Mais le soir, il m'a coincée dans mon escalier. Il était fou de colère et seule la peur des voisins l'a empêché de se jeter sur moi :

— Toi, tu n'es qu'une lèche-bottes ! Une sale traître !... Si tu étais un garçon, je t'écraserais la tête contre ce mur !

J'étais morte de peur, mais je me suis dégagée sans trembler.

— Pauvre type ! Et toi, tu n'es qu'un voyou ! Si tu m'embêtes encore une fois, je le dis à mon père et à mes frères. Laisse-moi passer !

Et j'ai foncé dans l'escalier. J'étais au premier étage quand je l'ai entendu crier :

— Allez, vas-y, appelle-le, ton père ! Que je lui raconte que tu es pire que les Français, plus française qu'eux ! Sale lèche-cul !

Je suis rentrée chez moi le cœur fou, enragée contre Djawed et sa bande. J'aurais voulu les exterminer, tous ! Je savourais avec un intense plaisir le fait qu'ils ne pouvaient rien contre moi malgré les menaces. Mon père était arabe. Ma mère aussi. Mes frères et moi pareil ! Ça m'assurait l'impunité ; ils pouvaient cracher leur venin, je m'en moquais ! Je ne me posais pas la question de savoir pourquoi les paroles de Djawed m'avaient fait mal à ce point. Je le haïssais.

Puis le temps a passé et je suis entrée en seconde. J'ai presque oublié Djawed et les autres. Je venais de décrocher la lune. J'étais la première Algérienne de Pierrefont à avoir franchi tous les obstacles du CES — et il y en a ! — grâce à ma bonne tête d'enfant sage et à la compréhension inouïe de mon père. Alors, secrètement, j'ai commencé à caresser de « folles ambitions », comme on dit. Je crevais d'ambition. Juste rançon au désert de ma vie studieuse.

« Tout ce que ses frères n'ont pas pu faire, la petite le fera » expliquait mon père à ma mère en arabe.

Ma mère disait « oui » de la tête en me jetant de drôles de regards. Elle, on l'avait mariée à seize ans, alors elle ne comprenait pas que mon père se soucie autant de moi. Quant à lui, il s'apprêtait à faire des heures supplémentaires sur son chantier en prévision de mes leçons particulières.

Parfois, quand j'étais seule avec ma mère, je lui demandais :

— Et toi, tu es contente que je travaille à l'école ?

— Je suis contente, oui... Mais tes frères n'ont pas eu de chance... Larbi est au chômage... Et eux, ce sont des hommes !

Elle ne me regardait pas en face et partait soupirer au-dessus de la cuisinière.

A certains moments, j'ai pensé qu'elle regrettait que « la chance » tombât sur moi et pas sur mes frères. C'est vrai, qu'est-ce que ça peut bien faire dans notre milieu qu'une fille entre au lycée alors que deux hommes de la famille trouvent si difficilement à se caser ?

Tiens, voilà qu'il se remet à pleuvoir... Ça dégouline sur le balcon... Demain, je quitterai Marseille sous la pluie, parce que ça a l'air bien parti les pluies de printemps ! En tout cas, ce soir, je ne serai pas tentée d'ouvrir la fenêtre pour regarder les trous lumineux sur la tour d'en face, ou pour écouter dans le noir, comme tous ces derniers mois, Djawed et les autres qui tuent le temps sous le porche.

Demain, je quitterai la France. J'aurai peut-être le temps d'apercevoir de là-haut nos HLM transformés en bourbier. Le gardien, lui, va filer en ville toute la journée pour fuir les habitants qui vont encore réclamer du goudron à cor et à cri... A chaque averse, c'est la même rengaine : des pétitions et encore des pétitions pour qu'on goudronne les rues de la cité. Ils disent tous que la boue c'est malsain. Est-ce vrai ? Avant, moi aussi je réclamais du goudron, du goudron bien noir entre les tours et les barres, du goudron lisse et dur, qui aurait eu l'air de porter les HLM au-dessus du marécage. Ils croient l'assainir avec du goudron... Je le pensais aussi. A présent, je me dis que c'est la cité tout entière qu'il faut raser. Laisser le marécage où il est et construire nos maisons plus haut, sur la colline d'où on verrait la mer à travers les pins...

Il pleuvait aussi beaucoup à cette rentrée des classes où j'ai décidé de changer de nom. J'avais tanné ma mère pour des bottes en caoutchouc et des jeans. J'ai obtenu les bottes, à cause de la boue, mais pas les jeans... Mon père n'en voulait pas, ça donnait mauvais genre. Je leur ai quand même extorqué une paire de pantalons droits et ils ont accepté à condition que je porte une blouse qui descende aux genoux.

Et à Martine, ce matin-là, j'ai répondu « Anne » sans hésiter.

Anne... J'aimais ce nom, un nom de brillante élève, un nom breton ou anglais. Un mot vif et froid. Tout ce que je n'étais pas. Des raisons à ce changement de nom ? J'en avais en pagaille !

Dans mon CES de Pierrefont, Sélima faisait partie du décor. A la récréation, on entendait aussi « Zora, Farah, Mimouch, Larbi, etc. » Mais ici, au lycée, incongru comme un oiseau exotique au milieu d'une bande de moineaux, entouré des « Jean, Marie-Claire, Eric, Julie... » mon prénom suffisait à m'isoler. Alors que moi, je voulais effacer la différence, je voulais vraiment que l'oiseau exotique perde ses couleurs, que ses ailes raccourcissent et que les autres lui fassent un peu de place parmi eux. Sélima m'avait peut-être aidée jadis à justifier mes « difficultés d'élève immigrée DONC inadaptée ». Ce n'était plus le cas — je le croyais — grâce au droit qu'on m'avait accordé d'être comme les autres.

Mais Anne... Je savais qu'Anne m'aiderait à m'intégrer. Avec elle, les profs se montreraient plus exigeants, plus objectifs, moins « débordant-de-compréhension-pour-la-pauvre-petite-qui-a-déjà-tellement-de-problèmes-et-à-qui-on-ne-peut-demander-l'impossible-n'est-ce-pas ? »

Moi, je voulais qu'on me demande l'impossible ! Anne, c'était une belle peau toute neuve.

Je n'ai donc eu aucun scrupule à corriger mon nom quand les profs ont défilé ce jour-là avec leur cahier de classe et leur air fatigué d'avance. J'ai tué Sélima sans remords.

Ce soir, devant ma grosse valise et le billet d'avion posé dessus, je pense à demain... Demain, quand j'atterrirai à Alger, le frère de mon père souhaitera la bienvenue au pays à une nièce qu'il ne connaît pas, qu'il n'a jamais vue. Moi je dirai en retrouvant mon nom : « Sélima, je suis Sélima, mon oncle... »

Depuis le jour où j'ai tué Sélima jusqu'à ce soir, cette nuit plutôt, où j'écoute la pluie dégouliner sur le balcon, il s'est passé des tas de choses. C'est toujours difficile de se raconter son histoire à soi-même. Un peu prétentieux aussi, mais ça fait du bien. Et si la plupart des événements sont enfouis quelque part dans ma tête, il y en a quelques-uns qui ont marqué cette époque au fer rouge et que je ne suis pas près d'oublier.

Aujourd'hui, je me demande comment j'ai pu vivre deux ans et demi comme un cobaye de labo maintenu en vie pour les besoins de l'expérience... Il n'y a pas si longtemps que je me suis réveillée. Mais ça m'a pris du temps, exactement dix-huit ans et trois mois. Dix-huit ans pour apprendre qui on est et comment on aimerait que les autres vous voient.

Il a d'abord fallu que je gagne le droit d'être comme tout le monde pour ensuite gagner le droit d'être moi-même. Allez donc y comprendre quelque chose !

Pendant ces deux années, j'ai tout avalé sans rien trier. Je me suis gavée, coupant mes ailes, toujours au troisième rang, bien protégée au milieu de la classe, ni trop en avant, ni trop en arrière, et bûchant double le soir à la maison. Evidemment, les événements de cette année m'ont donné tort, mais peut-être ne pouvais-je pas faire autrement.

Pourtant, il y a eu des sonneries d'alarme qui auraient dû me parvenir dans mon coma, de fausses notes dans mes petites sonates apprises par cœur... Comme cet accrochage avec Dominique par exemple. Il faut croire que j'avais les sens atrophiés.

Ça c'est passé le soir de ce fameux premier jour de lycée, à la sortie des cours. Martine, avec qui j'avais sympathisé, prenait le même autobus que moi. Elle habitait avant Pierrefont, dans un pavillon. Ça nous avait encore rapprochées de savoir qu'on ferait le voyage ensemble chaque jour.

Dominique aussi prenait le même autobus. Mais il descendait en ville. Comme Martine, il redoublait sa seconde avec le tiers de la classe, à cause du prof de français qui avait voulu faire un exemple cette année-là.

A priori, je n'avais rien contre Dominique. Il n'avait pas ricané bêtement comme les autres garçons et il s'était rongé les ongles toute la journée, comme moi. En plus, il était plutôt beau garçon mais je n'avais vraiment pas la tête à ça à l'époque.

On attendait l'autobus tous les trois. J'étais euphorique. Je planais depuis le matin. A midi, à la cantine, j'avais même fait le pitre, oui, moi, j'avais fait le pitre en imitant le prof d'Histoire Naturelle qui avait trois fois heurté la corbeille à papier en s'excusant auprès d'elle à chaque fois!...

Je trouvais absolument prodigieux qu'on m'appelât Anne depuis le matin, comme si je n'étais pour rien dans ce baptême, comme si les trente-six personnes dont j'avais fait la connaissance ce jour-là avaient naturellement pressenti que Sélima Jelloud était morte en passant la porte du lycée. Je digérais à peine ma victoire. Je la trouvais trop facile tant elle m'impressionnait.

Dans cet état de grâce, je n'attendais pas la question de Dominique. Elle m'a prise au dépourvu. Martine était en train de me décrire les profs et leurs manies quand il m'a lancé:

— Dis donc, tu t'appelles Anne ou Sélima? Il y a une fille d'une autre classe qui vient du même CES que toi; elle dit que tu ne t'es jamais appelée Anne!

C'est le ton surtout qui m'a désarçonnée. J'aurais compris la curiosité ; après tout, je devais bien quelques explications puisque j'avais passé ma journée à corriger mon nom. Mais le ton de Dominique n'était pas curieux, malgré la question. Il affirmait que j'avais menti.

Pas une seconde, je n'ai imaginé qu'il m'en voulait d'avoir tué Sélima. Non, c'est exactement l'inverse que j'ai compris dans ma petite tête de complexée. J'ai cru qu'il m'accusait de les avoir tous bernés en usurpant l'identité d'Anne, identité à laquelle je n'avais aucun droit de prétendre, moi, l'immigrée de Pierrefont, etc... Voilà exactement ce que j'ai pensé à ce moment-là. Et comment imaginer autre chose, puisque j'avais été dressée à considérer toujours cet aspect du problème ; mais je ne vais pas m'étendre là-dessus.

J'ai dû rougir puis pâlir. Martine m'a regardée curieusement. Mais j'ai senti qu'elle était seulement curieuse de la réponse. Pourtant, avant que j'aie eu le temps d'ouvrir la bouche, elle contre-attaquait à ma place :

— Qu'est-ce que ça peut bien te fiche à toi ?

Il y a eu un moment de flottement. Dominique a rejeté une mèche en arrière, puis il a répété d'un air buté :

— Alors, c'est quoi ton vrai nom ?

J'ai bégayé quelque chose. Je me sentais horriblement coupable tout à coup. J'étais presque d'accord avec Dominique — du moins avec ce que je croyais que Dominique pensait de moi. Si Martine ne m'avait pas soutenue l'instant d'avant, je crois bien que je reniais Anne immédiatement. Mais j'ai relevé la tête et pris la perche que l'on me tendait :

— C'est vrai, qu'est-ce que ça peut te faire, à toi, que je m'appelle Anne ou Sélima ? Est-ce que tu comprendrais seulement pourquoi ?...

J'aurais peut-être continué. J'aurais essayé d'expliquer pourquoi Anne et pas Sélima. J'aurais pu justifier mon choix (j'en doute aujourd'hui) en parlant de la vie à Pierrefont. Mais je n'en ai pas eu le temps. Martine avec une bizarre volubilité s'est mise à me défendre. Il n'y a pas si longtemps, à la lumière d'événements qui m'ont fait découvrir mes vrais amis, j'ai compris pourquoi elle ne m'a pas laissée parler ce jour-là. C'est drôle comme parfois on se trompe sur des choses toutes bêtes, qui crèvent les yeux.

— Dominique, tu nous embêtes avec ta question ! a lancé Martine en colère. Moi, je ne veux pas savoir si Anne s'appelle Sélima... Parce que, même si c'est vrai, ça la regarde, elle d'abord et elle seule ! Et puis, on devrait avoir le droit de choisir son nom !... Moi je m'appelle Martine, il y en a tout un tas dans le lycée... Manque d'imagination des parents... Le prénom, c'est comme le reste : imposé d'en haut, on doit le subir toute sa vie ! Tu parles si c'est drôle !

Le bus est arrivé et Martine n'a pas poursuivi. Dominique a haussé les épaules. On n'a plus échangé que des banalités, elle et moi. Puis Dominique est descendu à sa station sans nous dire au revoir.

— Quel idiot, celui-là ! a dit Martine entre ses dents.

J'étais en fait plus irritée que malheureuse de ce qui venait de se passer. Sans que je sache pourquoi, l'intervention de Martine m'avait agacée. Elle avait réduit une question importante à un simple goût personnel de s'appeler comme ci ou comme ça... Bien sûr, elle avait pris ma défense, bien sûr, elle avait empêché des explications foireuses de ma part, bien sûr, elle avait cloué le bec à Dominique. Mais elle ne m'avait pas aidée.

En repensant aujourd'hui à ce premier jour de lycée, je me dis que si toute la classe, profs compris, avait réagi comme Dominique, j'aurais peut-être fait l'économie de deux ans d'hibernation. En tout cas, il n'y aurait pas eu de malentendu.

Je suis algérienne, née en France. L'Algérie, c'est d'abord pour moi ma famille et la cité où je vis. D'après mes parents, j'y serais née en 1960. Mais les dates ne collent pas. En 1960, les HLM de

Pierrefont étaient encore dans les bétonneuses. D'ailleurs, en 1960, il ne devait pas y avoir de grande banlieue à Marseille, et encore moins de cité-dortoir à Pierrefont!... Je me rappelle avoir barboté dans des mares et j'ai un souvenir précis du chien qui m'a mordu quand j'avais quatre ans dans un endroit qui ressemblait à une décharge publique.

Il y a toujours eu dans ma famille ce qu'on appelle un «flou artistique» autour de cette période d'avant mes cinq ans. Mais je me suis abstenue longtemps de poser des questions. Tout ça est resté enfoui dans le cœur de ma mère.

Vers l'âge de six ans, je me rappelle parfaitement de l'appartement du troisième étage de l'escalier B, tel qu'il était à l'époque, comme si effectivement j'y étais née.

Plus tard, il y a eu mon père qui rentrait le soir gris de la tête aux pieds à cause du ciment sur le chantier. Il ne devait pas encore être chef d'équipe. Plus tard encore, je lui vois des vêtements propres et un porte-documents à la place de sa vieille sacoche: je le préférais comme ça. Puis il y a eu l'année du frigidaire, celle de la télé, et le lit neuf dans la chambre que j'ai récupérée quand mon frère aîné est parti et que mon second frère a dormi à ma place sur le divan de la salle à manger. J'avais quatorze ans. Ah! cette chambre pour moi toute seule, qu'est-ce qu'elle a compté !

Mes parents ne m'ont pas vraiment menti en disant que j'étais née à Pierrefont. Ils ont seulement oublié de préciser qu'à l'époque, Pierrefont était encore un bidonville à la périphérie de Marseille. On a construit la cité à la place du bidonville. Mais le marécage en-dessous, lui, n'a pas changé. Pierrefont est resté Pierrefont. On joue sur les mots. Et c'est vrai qu'il faut creuser loin pour trouver des pierres par ici ! Celles qu'on rencontre ont l'air toutes mangées de l'intérieur ; elles ne ressemblent pas aux pierres blanches et lisses des villas sur la colline, loin de là !

En tout cas, chez nous, c'est tout béton et gadoue.

Je n'ai bien sûr jamais parlé du bidonville en famille. D'ailleurs, je n'ai jamais parlé en famille, sauf quelques mots avec ma mère et, depuis peu, avec mon frère Larbi. Mon père en tout cas ne parle jamais de son travail ni de comment et pourquoi il vit en France depuis trente ans C'est par ma mère que j'ai su qu'elle l'avait rejoint avec mes deux frères dix ans plus tard. C'est elle aussi qui m'a un peu raconté l'Algérie, enfin l'Algérie qu'elle a connue, celle du temps des Français.

Avec la télé, l'école, les conversations entre adultes et depuis peu avec les livres, je me suis fait une vague idée de la façon dont tout ça a pu se passer : l'immigration, l'indépendance, le travail du chantier, le bidonville, les HLM, et aussi ce qu'on appelle joliment « le seuil de tolérance » pour parler du racisme. Mais je ne peux pas dire que j'ai été révoltée par ce que j'apprenais. J'ai toujours eu l'impression de passer entre les mailles du filet. Toutes ces histoires avaient lieu ailleurs, hors du périmètre maison-école-commissions et retour. Les quelques centaines de pas que j'accomplissais chaque jour, entourée d'enfants aussi basanés et immigrés que moi, c'était du quotidien bien banal. En fait, je n'y pensais pas.

Il y a eu une seule chose que mon père a toujours évoquée devant moi avec complaisance : c'est la guerre de 39-45, le camp de prisonniers en Allemagne, sa médaille d'ancien combattant et sa pension. Je me demande si ce n'est pas à cause de lui que j'ai voulu devenir Anne.

Et puis, entre l'école, le CES, la colo l'été, les jeux sur le terrain vague, les mêmes têtes toujours, j'ai longtemps ignoré le mot « ghetto ».

Je suis donc algérienne, « arabe » comme on dit, y compris nous-mêmes, parce que arabes ou kabyles ou berbères, les nationalités du Mahgreb sont encore de fraîches jeunes filles. Et dans la cité où je vis, si j'entends crier « sale Arabe », j'entends aussi « sale Italien », « sale Portugais », etc. Avec les variantes péjoratives d'usage « sale bicot »,

« sale macaroni », « sale Portos », etc. Comme tout le monde chez nous peut, du jour au lendemain, devenir « sale quelque chose », y compris les Français, « sale poivrot » ou « sale putain », ça ne m'a jamais impressionnée. Ni les bagarres, ni les frontières entre escaliers. Le racisme, c'est la base de nos relations affectives dans la cité. Tout ça est très fluctuant à Pierrefont, avec des alliances compliquées, dominées par les préoccupations du moment. Par exemple, les Français et les Italiens se tapent sur le ventre quand les « crouilles » et les « youpins » se tapent, eux, sur la tête à propos de la Palestine, mais les Portugais, les Italiens et les Arabes se retrouvent dans les grèves pour cracher sur les « franquaouis », qui organisent alors des commandos musclés pour leur foutre sur la gueule !

Mais l'Algérie, je n'en rêvais pas, non. Il y avait bien les dattes et les gâteaux du ramadan qu'on recevait par colis...

En 1962, j'avais deux ans. Je suis une enfant de l'Indépendance, qui est née et a vécu jusqu'à ce soir dans le pays colonisateur, sans jamais en sortir. Alors, bien sûr, il n'y a encore pas si longtemps, ma nationalité algérienne m'apparaissait comme une formidable erreur.

Dans la cité, on trouve aussi des Français nés, eux, en Algérie et qui n'en étaient jamais sortis avant 62. Formidable erreur de qui ? Ils essaient de s'intégrer à la vie française, mais ils n'y arrivent pas. Le chef de chantier où travaille mon père est un « pied-noir ». Un jour, il est venu manger un couscous à la maison. Mon père et lui ont parlé de l'Algérie. L'homme surtout a parlé. On aurait dit qu'il ne pouvait plus s'arrêter. Il expliquait difficilement :

— Tu vois Kader — c'est mon père — dans cette maison, je suis à mon aise... Je reconnais les choses... Quand je parle de là-bas avec des Français d'ici, ils ne comprennent rien, rien du tout... Ils s'en foutent ! La France, ce n'est pas mon pays... Depuis douze ans, je suis comme toi, un étranger.

Il ne se rendait pas compte que mon père avait toujours été considéré comme un étranger, même en Algérie, par des types comme lui, mais mon père n'aurait jamais osé lui dire une chose pareille.

Le bonhomme avait été chauffeur-livreur dans une coopérative vinicole avant l'Indépendance. Je l'écoutais parler de la terre là-bas, des champs d'orangers, des calanques mille fois plus belles que celles de Marseille, de la vie quotidienne. C'est peut-être cet homme-là qui, le premier, m'a donné envie de connaître mon pays.

Je n'ai jamais entendu mon père et ma mère parler ensemble de l'Algérie devant moi. Peut-être qu'évoquer le pays était douloureux ou insupportable, à cause des contradictions qui faisaient qu'ils avaient vécu dans l'Algérie coloniale et l'avaient quittée à l'Indépendance. Quelquefois, ils évoquaient leur jeunesse avec des amis ou de la famille de passage, mais alors c'était comme de vieux souvenirs détachés de l'histoire. En fait, j'avais plutôt l'impression que pour eux l'Algérie n'existait plus réellement. Mon père, par exemple, ne disait jamais: « Si c'était à refaire ». Il avait cotisé au FLN, hébergé — rarement — des militants recherchés à Paris, et opté pour la nationalité algérienne en 62, mais c'est tout. Au fond, je crois que c'est un légaliste plein de vertu mais du côté des sentiments, on ne peut rien savoir. Il est verrouillé comme un coffre-fort. Il n'est jamais retourné qu'une seule fois là-bas, à la mort d'une de ses sœurs. Ma mère, elle, n'a pas quitté Pierrefont plus de trois fois depuis son arrivée en France. Trente ans d'exil volontaire, est-ce que ça change les gens ?

J'ai grandi sans jamais penser à l'Algérie autrement que comme à une province d'origine très lointaine. Un peu à la manière des Parisiens de naissance quand ils pensent à la Bretagne ou à l'Alsace des parents. Je n'avais guère plus de chance qu'eux de retourner à ma terre. Mais toutes ces idées, c'est maintenant qu'elles me viennent.

Des accrochages comme celui que j'ai eu avec Dominique, il y en a eu d'autres mais, jusqu'à cette année, je les oubliais très vite parce que je croyais que le temps jouait pour moi.

Chaque matin, je me réveillais avec un pincement au cœur en espérant déjà être au lendemain. Et le lendemain, je pensais au surlendemain... Il y a des gens qui vivent dans le passé, d'autres uniquement dans le présent, moi, je me propulsais d'instinct dans le futur. Je me rassurais avec lui. Par exemple, j'ai toujours fait mes devoirs à l'avance pendant cette période. A la fin du premier trimestre, j'avais lu tous les bouquins du programme. A Noël, je me croyais déjà au mois de juin.

Il y a des gens pour dire que c'est normal, que si tous les jeunes faisaient comme ça, leur travail à l'avance, il y aurait moins d'échecs aux examens. C'est faux. Archifaux. Parce que les trop bons élèves dans mon genre, c'est un peu comme si on leur avait ouvert le crâne pour pratiquer une lobotomie côté réflexion sur le monde. J'ai échappé de peu à cette anesthésie et je remercie tous ceux qui m'ont secouée avant qu'il ne soit trop tard. J'ai mis du temps à m'apercevoir que je n'étais pas une petite machine bien huilée qu'on pouvait sans danger raccrocher à la grande machine qui nous dirige. J'ai mis moins de temps à comprendre que la grande machine écrasait les petites machines réfractaires. Ceux de Pierrefont comprendraient ce que je veux dire.

En fait, je détestais Pierrefont à cette époque. Et Pierrefont me le rendait bien. Par exemple, cette bagarre avec Djawed, un an après mon entrée au lycée ; quand j'y repense, je me dis que ça a drôlement contribué à creuser le fossé entre nous.

Aujourd'hui, les grands débats et polémiques sur le néant des cités HLM, la misère « propre », la délinquance produite par tout ce vide, je ne les comprends pas bien. Bien sûr que notre vie n'est pas drôle à Pierrefont, et je préfèrerais ne pas marcher sur un marécage ni habiter dans une cage à lapins ; mais Pierrefont, lui, me tient chaud au cœur. Le mot « Pierrefont » évoque tout ce qui a pu se télescoper dans ma tête, d'amour et de haine, dans le temps gris comme au soleil. C'est mon seul repère, presque un grand être vivant avec ses contradictions et ses moments de paix comme ce soir. Pour me préparer à partir demain en Algérie, aucun autre endroit au monde ne me conviendrait.

Alors, certains ont beau défendre les jolis pavillons avec leurs jardinets au cordeau, tous pareils, j'y vois le même néant. Si je devais imaginer une autre vie, ce serait dans un petit village de Kabylie, mais je n'y crois pas non plus.

Le jour de ma bagarre avec Djawed, on était en décembre. Je revenais de chez Martine après un après-midi à sécher sur une histoire de manomètre. Eliane, le crack en physique de la classe, nous avait fait faux bond au dernier moment. Elle avait juste téléphoné le résultat du problème vers cinq heures, mais ça ne nous avait avancées à rien. On s'était énervées et j'avais failli me fâcher avec Martine à cause de ce satané devoir... Voilà comment j'étais à l'époque, la tête à l'envers à cause d'une misérable démonstration de physique! C'est ça la lobotomie.

J'y pensais dans l'autobus en rentrant. J'y pensais en descendant à l'arrêt de Pierrefont. Je me martelais le crâne de formules, avançant sans rien voir entre les blocs. Je savais que j'y passerais la moitié de la nuit s'il le fallait mais que je trouverais la faille dans le raisonnement. Il fallait que je trouve ! C'était comme si ma vie était engagée là-dedans... Ma vie ! Pour un devoir de physique !

Alors, bien sûr, quand j'ai entendu qu'on m'appelait et qu'on courait derrière moi pour me rattraper, j'ai failli grimper l'escalier de chez moi quatre à quatre, pour échapper à l'enquiquineur. Me retrouver devant ma table, mes livres, ma lampe, dans ma chambre, et oublier le reste du monde.

Mais je me suis sentie tirée en arrière avant d'atteindre la première marche. Trop tard ! Je me suis retournée d'un bloc pour envoyer l'autre au Diable.

— Qu'est-ce que...

Je suis restée muette de surprise. Djawed !... Djawed se tenait devant moi, pressé et un peu haletant d'avoir couru.

— Je t'appelle depuis cinq minutes... Tu es sourde ou quoi ?... Viens, Djamila veut te parler... On t'a guettée toute l'après-midi.

J'étais tellement ahurie que je l'ai suivi sans répondre. Depuis un siècle — en fait, depuis le jour où il m'avait coincée dans ce même escalier avec l'envie de me casser la tête contre le mur — depuis ce jour, on ne s'était pas adressé la parole, Djawed et moi. Trois ans et pas un mot. Rien. Comme si on était devenus invisibles l'un pour l'autre.

Je savais qu'il travaillait quand ça lui chantait — un boulot de mécanicien, je crois — le reste du temps, il le passait avec ses copains à réparer un tas de mobylettes rouillées sur le terrain vague à côté de la cité. La situation entre nous était claire et m'arrangeait bien. Au moins, quand je passais devant leur bande, ils s'abstenaient de commenter ma façon de marcher comme ils le faisaient des autres filles. Le mépris nous tenait chaud aux uns et aux autres. Mais je savais aussi qu'ils n'embêtaient pas les filles arabes du coin.

— Djamila veut te parler...

Il a répété ça en m'entraînant vers l'endroit le plus obscur de la cité, dans les garages qui se trouvent à la limite du terrain vague . Un endroit sinistre, oublié par les services d'éclairage de l'OPHLM parce qu'on avait dû penser que les phares des bagnoles suffiraient, la nuit, à s'y retrouver dans ce désert.

Je n'ai pas pensé que je courais des risques en l'accompagnant là-bas. Djamila était sa cousine et j'aimais bien Djamila. On avait le même âge, mais elle était l'aînée de cinq enfants dont le dernier avait quelque chose comme six mois, avec une mère malade depuis l'accouchement, et un père qui travaillait à Fos-sur-Mer dans une usine de produits chimiques et qui avait les mains toutes pelées à cause des acides. De Djamila et sa famille, l'assistante du secteur devait dire : « Cas social ». Ça ne changeait pas grand-chose mais au moins, c'était marqué quelque part.

Moi, à l'époque j'évitais Djamila. Je la fuyais même, par peur de la contagion.

Je tenais ma chance, une chance inouïe, et elle était trop mince pour que je la lâche des yeux une seconde. Quand je rencontrais Djamila, j'avais l'impression de me trouver en face d'un miroir et ça me terrifiait de regarder en face ce que j'aurais pu devenir si je n'avais pas tourné le dos au ghetto de Pierrefont.

Mais je ne refusais pas, parfois, de lui rendre service. Une vieille culpabilité que je traitais à la va-vite, entre deux cours au lycée. Je me débarrassais des commissions que je venais de faire à sa place au supermarché comme de la BA obligatoire, sans attendre les remerciements. J'avais honte, mais j'oubliais très vite ce genre de honte. Comme dirait Dominique : « Tu étais tombée bien bas à l'époque, hein, ma vieille ! »

La porte d'un des garages était entrouverte. Djawed m'a poussée en avant. J'ai dû buter contre la barre de fermeture du garage, mais je me suis retenue à la porte. On y voyait à peine à l'intérieur. Mais j'ai reconnu la silhouette de Djamila, qui se levait.

— C'est toi Sélima ?

C'est en entendant sa voix que j'ai eu peur, rétrospectivement, d'avoir suivi Djawed dans ce coupe-gorge. J'ai failli éclater d'un rire nerveux. Au lieu de ça, j'ai respiré un grand coup. Je devais vraiment avoir la tête à l'envers pour imaginer une embuscade de Djawed à cinquante mètres de mon escalier.

Djamila était tout près de moi. Elle est plus petite que moi, plus menue aussi. Je la voyais à présent presque distinctement. Elle reniflait fortement et sa voix tremblait. Djawed devait être resté derrière la porte. J'ai réagi la première :

— Qu'est-ce qui se passe, Djamila? Pourquoi est-ce que tu te caches?

— Sélima... Si tu savais... Si tu savais...

En même temps qu'elle parlait en haletant un peu, j'ai senti sa main qui se cramponnait à mon bras.

— C'est ma tante... Elle a écrit à ma mère... Elle dit qu'elle m'a trouvé un mari... Ma mère veut m'envoyer en Algérie... Mon père revient de Fos ce soir pour en parler avec elle... Je ne veux pas! — elle avait presque crié ces mots — je me suis disputée avec ma mère...

J'étais pétrifiée. Djamila poursuivait :

— J'ai été chez toi. Tu n'étais pas là... Djawed t'a guettée quand ta mère nous a dit que tu rentrerais tard.

Et elle s'est abattue contre moi, gémissant et s'accrochant à mon épaule comme à une bouée. J'étais abasourdie par ce que je venais d'entendre. J'ai bégayé :

— Mais enfin... Tu es sûre? C'est, c'est incroyable !

J'essayais de reprendre mes esprits, mais ce n'était pas facile dans ce trou noir qui puait l'huile de vidange. J'en étais encore au devoir de physique, à Martine, à la tarte préparée par sa mère, qu'on avait dévorée avant de se disputer. Ou plutôt, j'étais déjà dans ma chambre et j'ouvrais mes cahiers... Non, bien sûr, j'étais là, à écouter Djamila Bouaziz, dix-sept ans, qui me parlait de son futur mariage avec un type qu'elle n'avait jamais vu, même en photo.

— Fais quelque chose, Sélima... Aide-moi !

Je me suis remise à bégayer, à croire que je ne savais plus parler normalement :

— Mais quoi... Quoi ? Qu'est-ce que... Qu'est-ce que je peux faire, moi ?

— Dis-le à ta mère. Dis-lui... Comme si c'était ta tante à toi qui avait écrit... Ta mère est plus évoluée que la mienne... Et ton père te laisse aller à l'école... Qu'ils expliquent à mes parents qu'en France, ce n'est pas pareil... Que nous, les filles, on ne trouve plus ça normal...

Elle m'avait lâchée pour se tordre les mains et

se remettre à gémir :

— Aide-moi, Sélima... Toi, tu as eu de la chance... Il n'y a que toi qui puisse m'aider...

Elle prêchait une convaincue. Dix-sept ans de ghetto pour épouser un inconnu ! Quitter sa famille et partir, comme ça, vers où ? Vers qui ?... C'était venu difficilement après le premier moment de stupeur, mais cette fois je sentais que je me mettais en colère contre la famille qui organisait le rapt... Ah ! comme j'avais eu raison, mille fois raison, de travailler telle une bête à l'école ! Comme c'était bon de sécher sur un devoir de physique à dix-sept ans ! Comme j'allais sauter au cou de Martine demain au lycée et lui demander pardon de mes humeurs de l'après-midi ! Et j'étais là, à consoler de la manière la plus inefficace Djamila, qui était dans un état épouvantable et que j'entendais à peine chuchoter à présent derrière ses bras où elle avait enfoui son visage.

— J'ai peur, je ne veux pas partir... Aide-moi, Sélima. Ma mère ne comprend pas... Elle est toute contente parce que le type est un bon parti...

C'est à ce moment-là, quand elle a parlé du « bon parti » que j'ai entendu dans la voix de Djamila quelque chose qui n'y était pas auparavant ou que je n'avais pas senti. C'était une nuance dans la voix, comme si, bizarrement, elle approuvait sa mère, oh ! bien inconsciemment, d'opérer son choix du prétendant à partir d'arguments du genre « bon parti, donc notabilité, aisance, considération, etc. » Peut-être est-ce que je me trompais, mais je ne crois pas, car la suite m'a donné raison. Une colère plus confuse, contre Djamila cette fois, m'a poussée à dire des choses que je regrette aujourd'hui.

— Et toi tu pleures ! Tu pleures comme si ça servait à quelque chose de pleurer ! Personne ne peut te forcer à ce mariage ! Il y a des lois, là-bas comme ici, non ? Et tu t'enfermes dans un garage, tu me guettes toute la journée pour que j'intervienne à ta place, eh oui ! à ta place !

Ça m'embêtait de dire tout ça mais il fallait que je le dise. Et Djamila a dû sentir la différence parce qu'elle s'est arrêtée de pleurer mais j'évitais de la regarder en face. L'injustice dont elle était victime me révoltait mais c'était sa passivité qui me gênait le plus. Je n'avais pas envie de l'aider si elle devait se planquer derrière moi. Et je le lui dis.

— Même si je parle à mes parents, qu'est-ce que ça changera, hein ? Rien du tout, ma vieille, si TOI, tu ne te bagarres pas pour t'en sortir... Et aussi sortir d'ici, du ghetto de la famille, des trucs qui nous rendent comme des moutons !

J'ai parlé cinq bonnes minutes et la pauvre Djamila ne devait pas me reconnaître. Moi, si gentille d'habitude, voilà que je me mettais à dire du mal de sa famille, et de la mienne aussi, parce que je lui expliquais que j'étouffais dans la cité, que je voulais devenir indépendante, que c'était notre seule porte de sortie du ghetto. Et voilà aussi que je lui racontais comment «dehors», «ailleurs», c'était formidable, chez les Français où j'étais reçue, au lycée...

Et, brusquement, la scène a changé. J'ai senti que Djawed me bousculait pour passer devant moi. Je l'avais complètement oublié. Il s'est penché, a pris sa cousine aux épaules et l'a aidée à se relever de la caisse où elle était effondrée. Il a fait tout ça sans me jeter un seul regard. Il lui parlait doucement. Jamais je n'avais entendu Djawed parler doucement à quelqu'un.

— Viens, Djamila, viens! Je t'avais avertie pourtant... Tu te trompes si tu crois qu'elle lèvera le petit doigt pour t'aider!

Il n'avait même pas l'air en colère. C'était pire. J'avais l'impression d'un rêve avec ce noir autour de nous, les plaintes étouffées de Djamila, qui recommençait à pleurer, la voix apaisante de Djawed, si haineuse. Je ne comprenais pas pourquoi ça se passait de cette façon. L'instant d'avant, je croyais trouver les mots justes pour encourager Djamila à ne pas se laisser faire.

— Ecoute bien, Djamila, poursuivait Djawed: ce que les Jelloud font de leur fille ne nous regarde pas... Elle — il eut un vague mouvement du menton vers moi — elle, elle se fait appeler Anne! Demande-lui si tu ne me crois pas... Ce qui t'arrive aujourd'hui, elle va s'en servir demain à son lycée pour rigoler sur notre dos... Elle hait les Arabes! C'est une raciste! Ton histoire, elle n'en à rien à foutre, tu comprends?... Un jour, elle gagnera plein de fric et se fera française... Tout ce que tu lui as raconté, ça la confirme seulement dans ce qu'elle pense des Arabes! Allez, viens... On s'en va!

Pendant une seconde, je suis restée sans comprendre, immobile et stupide, à leur barrer la porte. De ce qui s'est passé ensuite, il ne me reste que des souvenirs vagues, mais j'ai cru crier. J'ai hurlé parce qu'il fallait que je hurle pour ne pas me jeter sur Djawed et me faire assommer par lui.

— Et toi? Et toi? Qu'est-ce que tu as fait, toi, hein? Pourquoi me guettez-vous ainsi depuis le début de l'après-midi? Moi qui suis traître aux Arabes, comme tu dis, moi qui profite de ce que j'entends pour cracher sur eux, pourquoi me demande-t-on de me mêler de cette histoire, hein?... Vas-y, réponds! ... Et quand est-ce que tu l'as aidée, toi, Djamila? Quand est-ce que tu t'es occupé de ses frères et sœurs? Et les courses, les visites aux dispensaires, un peu de fric pour les enfants, tout ça, tu t'en fiches, Djawed Chawaf!...

Ce qui t'intéresse, c'est l'honneur, hein, enfin, ce que tu appelles l'honneur ! En fait, ce n'est que de la jalousie parce que tu digères mal d'être un raté... Et au fait, pourquoi tu n'en parles pas, toi, à ta mère, puisqu'elle est la tante de Djamila ?

J'ai dû dire encore d'autres choses. Je faisais comme si c'était Djawed qui m'avait demandé d'intervenir et non Djamila. Au fond, moi aussi j'étais de mauvaise foi, comme lui. Et j'en oubliais la pauvre Djamila qui s'était mise entre nous et qui nous considérait alternativement d'un air terrifié.

Puis elle est passée à côté de moi et s'est précipitée dehors en courant, trop vite pour que j'aie le temps de l'arrêter au passage. Je suis retombée sur terre.

J'ai couru derrière elle sans faire attention aux gens arrêtés plus loin sur le terre-plein et qui avaient dû entendre nos cris. Je l'ai appelée une fois, deux fois, trois fois. Je voulais qu'elle se retourne. J'aurais pu la rejoindre avant qu'elle atteigne son escalier, mais je voulais qu'elle m'attende pour qu'on se calme ensemble, toutes les deux.

Pourtant, elle ne s'est pas retournée et s'est engouffrée dans son escalier. Je me suis arrêtée en nage, vidée.

Trois mois après, malgré une intervention de

mon père auprès de monsieur Bouaziz, le père de Djamila — ma mère n'avait pas voulu parler à madame Bouaziz parce que je pense qu'au fond elle l'approuvait — Djamila prenait le bateau avec sa tante venue la chercher à Pierrefont.

La veille ou l'avant-veille de son départ, je ne me rappelle plus, Djamila est venue à la maison nous dire au revoir. C'est surtout ma mère et sa tante qui ont parlé. Mais à un moment, Djamila m'a entraînée près d'une fenêtre pour me montrer la photo de son futur mari, qui avait l'air d'un brave homme. Un brave homme inconnu, souriant sur une photo d'identité, avec qui elle passerait le restant de ses jours et le restant de ses nuits.

Djamila n'avait plus cet air malheureux qui m'avait frappé le soir du garage, c'est tout ce que je peux dire. Sans doute lui avait-on fait admettre que là était son destin et que personne, jamais, n'y a échappé. C'est peut-être pour ça qu'elle m'a dit timidement en rangeant la photo de l'homme dans son porte-cartes : « Si Dieu veut, je serai heureuse ».

J'ai pleuré comme une fontaine après son départ. Depuis, j'ai reçu d'elle une photo où elle a les yeux trop bleus, la bouche trop rouge, en tenue de mariée, toute menue sous les robes et les bijoux d'apparat qui lui donnent l'air d'une idole.

J'en viens aux événements de cette année. Si je ne les ai pas racontés plus tôt, c'est que la chronologie est importante pour comprendre comment je suis redevenue Sélima, après avoir été si fière de ma défroque d'Anne. Peu de gens ont compris ce revirement. Martine, par exemple, n'a rien compris. Mais moi, je me regarde vivre parmi ceux dont je me méfiais le plus et j'en tire des bénéfices que j'étais loin de supposer! C'est fantastique de connaître l'envers de la « médaille »... La « médaille », c'était Anne, une belle médaille en vérité, et qui ressemblait trop aux décorations d'ancien combattant de mon père. Anne, c'était mon nom de guerre en quelque sorte. Quand j'ai pu sortir de la clandestinité, parler en mon nom, au nom de Sélima Jelloud, j'avais fait la paix, et quelle paix!

Mais je peux dire que j'ai été prise par surprise, parce que la façon dont tout a été déclenché, c'était d'un banal !

C'est à cause d'un exposé insignifiant que Dominique avait proposé en classe. Ce genre d'exposé qui traite des mêmes éternels sujets : le racisme, les relations garçons-filles, la drogue, la guerre, etc. Les profs croient nous faire plaisir avec ça et nous, au début, on marche, on court même... Et puis on s'aperçoit que c'est exactement comme pour les dissertations : thèse, antithèse, synthèse... Les profs n'en demandent pas plus. Alors, forcément, ce qu'on pense vraiment, on le garde pour nous. Dans ces conditions et malgré le sujet de l'exposé — le racisme — je n'ai pas vu venir le danger.

D'ailleurs, tout allait plutôt bien pour moi en ce début d'année scolaire. Je me retrouvais en terminale avec une moyenne presque honorable étant donnés mes « antécédents ». Et puis, chaque fois que le découragement me prenait, je repensais à Djamila Bouaziz qui était enceinte de son deuxième enfant... Et je me mettais à potasser des trucs comme Platon ou Descartes pour me punir !

Mes relations avec Dominique, elles, n'avaient pas évolué en trois ans. Je m'étais toujours méfiée de quelque coup bas de sa part, même si ce n'était pas son genre. Dans la pratique je l'évitais et il me le rendait bien.

Martine, par contre, avait eu le temps de devenir ma meilleure amie, ou plutôt ma meilleure camarade de lycée — j'ai appris depuis peu la différence entre camarade et ami et je ne tiens plus à confondre. En fait, je n'avais que des camarades de classe, jamais de copains à la sortie. Pierrefont et le lycée Baudelaire ne frayaient pas ensemble. Anne préservait jalousement son identité à Baudelaire et, à Pierrefont, Sélima se fortifiait dans l'idée qu'elle n'était pas celle qu'on croyait. Je prenais donc soin de ne pas les mélanger, prévoyant les pires ennuis. En quoi, je n'avais pas tort.

Par exemple, Martine était la seule personne que j'avais invitée à Pierrefont, parce que je savais qu'avec elle les gâteaux de ma mère et l'horizon de ma chambre suffisaient comme dépaysement. J'appréciais son manque de curiosité à notre égard. Mais si on m'avait expliqué à l'époque ce qui motivait cette « discrétion », je n'aurais rien voulu entendre, ou bien je l'aurais approuvée.

Je m'aperçois ici que ma vie n'était pas vraiment gaie alors mais, je crois l'avoir dit, je vivais les yeux fixés sur l'avenir. Et pour moi, l'avenir, en ce début d'année, c'était le bac, neuf mois d'attente, comme une grossesse. Mais celle-là me sortirait du ghetto de Pierrefont au lieu de m'y enfoncer.

Donc l'exposé de Dominique, reporté à quinzaine, ne m'avait fait ni chaud ni froid sur le moment. Pourtant, il y avait de quoi s'émouvoir et Dominique n'avait pas choisi son sujet au hasard. Depuis trois jours, la presse et la télé régionale — et même nationale — nous matraquaient avec l'histoire du pauvre fou Tahar Beladj, père de cinq enfants, qui avait grièvement blessé au couteau un malheureux conducteur d'autobus, lui aussi père de famille nombreuse. La population marseillaise avait droit à son bulletin de santé presque heure par heure. Tahar Beladj avait failli être lynché par les gens du bus. Une seule fois, au cours des trois jours, on avait précisé que Beladj sortait d'une dépression nerveuse et qu'il était au chômage, pardon : « sans travail », depuis plus de six mois. Mais on avait très vite escamoté la chose pour s'étendre longuement sur cette situation préoccupante pour les autorités : sur le « seuil de tolérance » qui était dépassé depuis belle lurette dans les Bouches-du-Rhône, sur les mesures de sécurité en faveur des conducteurs d'autobus (comme s'il en tombait des dizaines toutes les semaines), sur l'augmentation de la criminalité dans les milieux d'immigrés, etc.

A la maison, on s'était abstenu de commenter l'affaire. Je pensais que Tahar Beladj avait suffisamment de circonstances atténuantes pour qu'on ne fasse pas de ses enfants cinq orphelins de plus. Et puis, on ne faisait pas tant d'histoires pour tous les drames de la misère qui survenaient chaque jour en France! Mais le racisme des propos ne m'étonnait pas outre mesure. J'ai déjà dit qu'à Pierrefont, c'est notre univers affectif et qu'on n'a même pas besoin des Français pour entretenir le feu sacré. Entre immigrés, ça fonctionne aussi comme sur des roulettes, le racisme. D'ailleurs, les Français, eux, peuvent se permettre d'y mettre la forme, de faire ça presque avec délicatesse, quand ils deviennent paternalistes tellement ils se croient supérieurs. Mais pas nous. Nous, ça serait plutôt une question de survie. Il faut croire qu'à force de se sentir indigne, on ne peut plus vivre sans penser qu'il y a plus indigne que soi!

De toutes façons, le racisme c'est une sorte de maladie endémique avec ses poussées virulentes et ses périodes de rémission. Mais je ne vais pas m'étendre là-dessus. Pour moi, c'est l'affaire Beladj qui a commencé à me faire réfléchir. Pour cette raison, j'en parle plus que de n'importe quelles histoires racistes qui alimentent les médias et les font vivre.

Le lendemain du jour où Dominique avait fait sa proposition d'exposé, je me suis aperçue que, par l'intermédiaire de sa copine Laure, il désirait entrer en contact avec moi. J'ai fait celle qui ne voyait rien et la manœuvre échoua. Mais deux jours plus tard, alors que je me précipitais comme chaque vendredi soir pour ne pas rater mon autobus de cinq heures, Laure a surgi devant moi tout essoufflée et m'a barré le chemin.

Laure est une fille qui rigole tout le temps. Petite et plutôt ronde, elle mène régulièrement les chahuts en classe. Dominique le taciturne a dû être affolé quand elle lui a mis le grappin dessus au début de l'année, à peine débarquée de sa Touraine natale. Mais apparemment il ne s'en porte pas plus mal. Elle lui a déjà appris à rigoler! En tout cas, elle m'a avoué plus tard qu'en face de moi, cet après-midi-là, elle avait eu l'impression de se jeter dans un courant glacé.

— Je veux te parler.. Tu as une minute? m'a-t-elle lancé à brûle-pourpoint en me prenant le bras pour me retenir.

J'ai considéré une seconde l'autobus qui démarrait sous mon nez sans bien comprendre encore ce qui m'arrivait. Puis je me suis tournée vers elle:

— Peut-être, oui, le prochain ne passe que dans vingt minutes.

Et j'ai haussé les épaules.

Laure s'est mise à triturer l'élastique qui retenait ses livres puis elle a semblé chercher quelqu'un autour d'elle. On a vu Dominique en même temps ; il se dégageait d'un groupe qui sortait du lycée. Laure a agité la main dans sa direction. Il a hoché la tête et montré le bistrot d'en face. Un autre garçon de la classe, Jean-Luc, était avec lui.

— Tu viens prendre un pot ? Dominique nous invite.

— Qu'est-ce qu'il y a Laure ? ai-je demandé en la regardant en face. Qu'est-ce qui se passe avec moi ? Qu'est-ce que vous voulez au juste, toi et Dominique ?

— Eh bien ! voilà...

Entre les doigts de Laure, l'élastique menaçait de casser. Je comprenais de moins en moins son attitude qui contrastait plutôt avec ses manières habituelles.

— C'est à propos de l'exposé...

Je tombais des nues. L'exposé !

— L'exposé ? ai-je répété tout haut.

— Oui, l'exposé sur le racisme. On aimerait que tu.... Enfin, c'est difficile à expliquer comme ça... Et il fait un froid de diable sur ce trottoir ! Ecoute Anne, je préférerais qu'on rejoigne Domi au « Six Billards », ce serait plus commode d'en discuter autour d'un pot, non ?

Je retrouvais Laure et son esprit d'initiative. Je n'avais pas bien compris au début cette histoire d'invitation à prendre un pot. Cette fois, j'avais bien entendu. Dominique Maugendre et Laure Dimier m'invitaient bel et bien à m'asseoir avec eux au « Six Billards »... Au « Six Billards » ! Le haut-lieu des « émancipés » comme disaient les profs — et aussi Martine qui, je le sentais, crevait d'envie d'y entrer — le rendez-vous des « contestataires », bref de tous ceux qui se conduisaient à peu près normalement dans la vie. Ça peut paraître idiot, complètement rétro de considérer à dix-sept ans un simple bistrot comme le symbole de l'Indépendance, mais à l'époque j'étais idiote et complètement rétro, c'est vrai. Bien sûr, j'aurais pu me dégager (sa main pesait toujours sur mon bras), j'aurais pu lui raconter n'importe quoi et la planter là en prenant mes jambes à mon cou. Ou bien insister, exiger des explications. Mais j'étais encore plus naïve que tout ça. Je n'avais, en fait, l'esprit occupé que d'une chose : en deux ans et demi de lycée, c'était la première fois qu'on m'invitait à « prendre un pot » dans un café. Je n'étais jamais entrée dans aucun café, même avec mes parents ou la famille. Anne Jelloud, élève de terminale, ne savait pas comment était fait un flipper (dont j'avais les oreilles rebattues au lycée), ni un comptoir, ni même, enfin presque, ce qu'on pouvait y commander ! C'était ça la réalité.

Le sujet de cette discussion sur le trottoir, je l'ai instantanément oublié. Il venait d'y avoir un déclic formidable dans ma tête — j'insiste, j'atterrissais sur une planète inconnue ! Pénétrer dans ce bistrot avec Laure et rejoindre deux garçons déjà attablés sans doute et qui nous attendaient, c'était le summum de mon intégration à la vie du lycée. Une expérience fantastique. Peut-être n'avais-je pas clairement conscience de la chose, du fait par exemple que ça intervenait la dernière année, c'est-à-dire avec presque trois ans de retard, mais je m'en moquais. C'était comme si, soudain, je me trouvais à une finale de championnat, une dernière haie et c'était la ligne d'arrivée. Après, je ferais partie des gagnants !

Aujourd'hui, je pense que c'est ce qui m'a fait suivre Laure, bien plus que la curiosité vis-à-vis de ce qu'on me demanderait en échange. Quand Laure a poussé la porte du « Six Billards » (en fait, quatre flippers, les billards avaient dû être relégués je ne sais où depuis la construction du lycée), je ne me rappelais même plus pourquoi elle m'y emmenait. J'avançais derrière elle, feignant l'indifférence, mais avec le cœur d'une géante !

Je me suis retrouvée assise en face de Dominique et de Jean-Luc, devant une tasse de chocolat fumant. Ils souriaient d'un air un peu forcé. Laure, elle, a eu le triomphe modeste :

— Voilà Anne ! a-t-elle déclaré comme elle aurait dit : « Mission accomplie ! » Tout le monde a éclaté de rire.

C'est encore elle qui a pris l'initiative un peu plus tard. Elle a attendu que je tienne ma tasse de chocolat brûlant entre les doigts pour les réchauffer.

— Anne, ça va?

— Mmmm...

J'ai porté la tasse à mes lèvres. Il y avait de la buée devant mes yeux qui rendait floue l'image des garçons en face de moi. Jean-Luc pianotait sur la table. Dominique se rongeait patiemment un ongle. Je n'attendais rien de précis. J'étais bien, là, assise dans ce bistrot. J'éprouvais des sensations toutes nouvelles avec des odeurs et des bruits auxquels je n'étais pas habituée. Je pensais que j'étais en train de vivre un avant-goût du futur, de cette indépendance à laquelle je rêvais depuis que j'avais décidé de m'appeler Anne.

La voix de Laure m'a rappelée à la réalité.

— Voilà, a-t-elle commencé sans regarder les deux autres, on veut te demander de nous aider dans cette enquête sur le racisme. Tu es plus au courant que nous de certaines choses. Et puis... tu habites Pierrefont. On aimerait aller là-bas interviewer des Algériens... Enfin, des immigrés. Tu penses que c'est possible ?

— Tu connais le type qui a blessé, le conducteur d'autobus ?

C'est Jean-Luc qui a posé cette question. Sur le moment je n'ai pas compris de quoi il parlait.

— Hein ? Quoi... Non, pourquoi ?

— Comme ça, ça ne fait rien.

Il y a eu un silence. J'émergeais lentement de ma torpeur. Laure a dit quelque chose à propos de Pierrefont. Je repensais à la question de Jean-Luc. Sans trop savoir pourquoi, elle m'énervait, elle me ramenait trop vite sur terre. A présent, j'avais dépassé la ligne d'arrivée. Et puis je n'aimais pas ce ton de journaliste au-dessus de la mêlée qu'il avait eu.

— Tu crois peut-être que je connais tous les Arabes de Marseille ? On est comme vous, mon vieux, nous autres, on ne se connaît pas plus entre nous que les Français entre eux ! Tu connais, toi, le type qui a tué sa femme et ses deux gosses la semaine dernière dans le quartier Notre-Dame ?

Je ne savais pas si un type avait effectivement tué sa femme et ses enfants la semaine précédente ; je l'inventais. Mais ça n'avait pas d'importance.

— Oh ! Anne, ne crois pas ça ! s'est exclamée Laure toute rouge en me touchant le bras.

— Elle a raison ! C'est une attitude spécifiquement raciste de penser que tous les Noirs ou tous les Algériens se connaissent, comme s'ils étaient interchangeables !

Cette fois, c'est Jean-Luc qui a rougi quand Dominique a parlé. J'ai eu pitié de lui, mais j'ai replongé le nez dans mon chocolat pendant que Laure reprenait ses laborieuses explications qui se résumaient à une chose : me demander d'être leur guide à Pierrefont, une espèce d'intermédiaire. Après tout, pourquoi auraient-ils été chercher loin ce qu'ils avaient sous la main ? Je savais donc à quoi m'en tenir et dans quel but j'avais été invitée au « Six Billards ». Ça m'a fichu un coup sur le moment, même si je me doutais, au fond, que ce n'était pas le coup de foudre qui les avait fait m'inviter.

J'écoutais Laure de plus en plus distraitement. J'attendais que Dominique prenne la parole. Les deux autres ne comptaient pas. Cette affaire nous concernait tous les deux à présent. Je sentais qu'on pensait à la même chose, lui et moi : l'abribus du lycée trois ans auparavant, le dialogue de sourds et les malentendus qui avaient la vie dure. Je ne pense pas que dans son esprit l'invitation ait joué comme un appât ; Dominique ignorait tout de ma vie de recluse et le pauvre serait tombé des nues si je lui avais dit une chose pareille... Mais c'était lui qui avait pensé à moi pour l'enquête, de ça j'en étais sûre !

Il s'est penché, les mains bien à plat sur la table :

— Tu te rappelles la première fois qu'on s'est vus ? Avec Martine ? Quand on s'est engueulés à propos de ton nom ?

J'ai fait oui de la tête. Voilà, on y était. On allait reprendre cette discussion vieille de trois ans. C'était indispensable avant de commencer à parler de quoi que ce soit. Ça ne pouvait pas se passer autrement.

— Moi je m'en rappelle comme si c'était hier. J'étais en colère contre toi parce que depuis le matin tu t'égosillais à répéter sur tous les tons que tu t'appelais Anne Jelloud... J'étais vraiment furax ! Et tu insistais tellement !

J'ai senti, perçu plutôt, que Laure bougeait à côté de moi. Je n'ai pas regardé Jean-Luc, mais il devait tomber des nues lui aussi. De la part de Dominique, ça ne m'étonnait pas qu'il n'ait rien raconté aux deux autres.

— Ce jour-là, j'ai pensé... je dois dire que je le

pense encore... j'ai pensé que tu voulais changer de nom parce que tu avais honte d'être algérienne, ou quelque chose comme ça. Même si tu te donnais des prétextes... Je ne voyais pas la différence et je ne savais pas s'il y en avait une. Ça m'emmerdait, c'est tout...

— Continue.

Tout allait trop vite. Je ne savais plus où j'en étais. Dominique avait posé ses doigts tout rongés sur la table, bien à plat pour qu'on les voie, même s'il ne l'avait pas fait exprès. Quant il parlait, c'était de la même façon, bien à plat. Hors de ma routine habituelle, je devenais capable d'entendre et de voir des vérités très bêtes. Je lui ai dit de continuer parce que j'étais en plein cirage.

— Pendant toute cette journée-là, j'ai eu devant les yeux un copain algérien que j'avais à l'école primaire... Ça m'a permis de faire la comparaison... Tout le monde l'appelait Olivier, ce type, Olivier Ben Youssef. Ses parents tenaient une épicerie dans ma rue. Un jour, je suis allé chez lui et sa mère l'a appelé Rachid devant moi. J'ai vu le père se mettre en colère parce que j'étais là. Je n'ai pas compris ce qu'il disait, mais Rachid s'est mis à pleurer et il m'a complètement oublié pour courir après sa mère. Le père a passé dix minutes à m'expliquer et à s'excuser pour sa femme, qui oubliait toujours qu'ils étaient en France, qu'Olivier c'était un nom français, que ça aiderait son fils à « s'installer » et je ne sais plus quoi encore... Ce type, il s'excusait devant un môme de neuf ans! Plus tard, Rachid m'a appris que c'était son père qui l'avait inscrit à l'école sous le nom d'Olivier. Mais lui, il voulait garder son nom parce que c'était celui d'un oncle qu'il aimait beaucoup.

Dominique s'est tu parce qu'il devait juger ses explications suffisantes. Elles l'étaient bien sûr, de son point de vue. J'ai gardé les yeux fixés sur le fond de ma tasse vide. J'avais dans la gorge une boule que je n'arrivais pas à avaler. J'ai pensé à Martine qui avait adopté Anne sans sourciller. Elle devait penser comme le père d'Olivier Ben Youssef.

Je n'étais plus bien du tout. Tout mon plaisir s'était envolé. Je me sentais même un peu malade. J'avais envie de m'en aller, mais je n'osais pas bouger de ma chaise. Et puis surtout je ne savais que répondre, ou alors il aurait fallu que je raconte ma vie pour expliquer pourquoi j'avais tué Sélima. J'ai repensé à Martine. Lâchement, j'aurais voulu qu'elle soit là, à côté de moi pour répondre à ma place. Cette affaire ne concernait pas Laure et Jean-Luc, nouveaux au lycée. Tout était à recommencer depuis le début.

— Alors, ça m'a mis en colère quand j'ai su que tu avais décidé toute seule de changer de nom. J'ai repensé à Rachid. Et je t'en ai voulu, comme à son père... Voilà.

Dominique s'est rejeté contre le dossier de sa banquette, puis il a allumé une cigarette. Jean-Luc s'est précipité sur le paquet et a commencé à tirer nerveusement sur la sienne. Laure a dit, l'air effarée :

— Je ne savais rien de tout ça...

Visiblement, elle ne voyait pas comment revenir au sujet de la réunion. J'ai articulé lentement en essayant de rendre ma voix ferme :

— Pourquoi, dans ce cas, faire appel à moi ?

S'il y en avait un parmi nous qui ne s'attendait pas à ce que la discussion dégénère de cette façon, c'était bien le pauvre Jean-Luc, qui n'avait vu là-dedans qu'un moyen de jouer les enquêteurs affranchis. Ma première intuition ne m'avait pas trompée. Il a marmonné :

— Moi, je ne savais pas que ça ferait tant d'histoires. On peut demander à quelqu'un d'autre, tu sais.

Dominique a eu un geste agacé.

— Dans ce cas, tu n'as plus qu'à reprendre les coupures de journaux et les assaisonner avec tes petites théories sur la question ! Qu'est-ce que tu crois, mon pote ? Que les types vont te tomber dans les bras parce que tu débarques de ton lycée ? Tu seras un flic de plus pour eux, rien d'autre !

Qu'elle le veuille ou non, Anne est notre intermédiaire. Elle est comme nous, Anne, mais pour les autres, elle est Sélima. Si elle n'était pas Sélima Jelloud, elle ne nous intéresserait pas plus que n'importe qui du lycée... »

C'était une façon indirecte de me répondre et de me désigner une place parmi eux. Mais j'avais l'esprit atrophié depuis tellement d'années que je n'ai pas compris. En fait, il m'aurait fallu du temps pour réfléchir à tout ça, discuter sur le fond avec Dominique ; mais il allait trop vite à l'essentiel. On ne peut pas prendre des virages à 180 degrés parce qu'on a été touché au vif quelques minutes dans une vie ! Il était maladroit et moi sur la défensive. Ça pouvait difficilement bien se terminer. J'ai contre-attaqué brutalement :

— Suivez le guide, hein ? La visite aux indigènes, comme au zoo, c'est ça que vous demandez !

Laure a sursauté.

— Anne, tu es dingue ou quoi !

— O.K. Anne, a repris Dominique avec calme. Tu n'as pas confiance, hein ?

— Et pourquoi est-ce que j'aurais confiance, dis-moi ?

J'avais mal au crâne depuis quelques minutes. Et l'envie d'envoyer Dominique à tous les diables avec ses souvenirs d'enfance mal digérés.

— Est-ce que vous vous découvrez tout d'un

coup une âme de bons Samaritains? Est-ce que vous avez déjà mis les pieds à Pierrefont avant de penser au brillant exposé que vous en sortirez? Est-ce que ça ne vous gêne pas de vous adresser à une Arabe qui ne veut pas le rester? J'allais ajouter: « Et moi là-dedans? Est-ce que je vous intéresse? Pour moi-même? Est-ce que ça vous plairait d'entendre comment j'ai appris à faire le singe pendant des années pour avoir le droit de m'asseoir à cette table aujourd'hui? Au fond, je pourrais servir de spécimen. Pas besoin d'aller chercher plus loin. Le racisme, je connais assez bien. Je me le suis injecté toute seule, pendant des années, sans même m'en apercevoir, pour rester dans les normes de l'intégration. Ah oui! A moi toute seule je pourrais être le sujet de l'exposé! »

Mais je n'ai rien ajouté. Ils étaient suffisamment atterrés comme ça. Même Dominique a ravalé plusieurs fois sa salive en répétant: « Tu te trompes si c'est ce que tu crois... »

— On n'a jamais voulu t'utiliser, c'est faux! a affirmé Laure très fort.

— C'est vrai, a ajouté Dominique. On n'a jamais voulu ce que tu penses. J'ai toujours cru qu'un jour je pourrais m'entendre avec toi... C'est moi qui ai dit aux autres que tu trouverais normal qu'on te demande de te joindre à nous pour ça.

Ma sortie m'avait calmée. L'embarras de Dominique était réconfortant. Et ça me faisait plaisir de faire taire la petite voix qui me soufflait que les torts étaient partagés.

J'ai ironisé :

— Parce que tu penses que je n'aurais pas trouvé normal, comme tu dis, de me joindre à vous pour autre chose ?... Par exemple pour prendre un pot ici, comme ça, pour rien ?

Laure et Jean-Luc n'étaient plus dans le coup depuis longtemps. Ils étaient là pour enregistrer mécaniquement le second round d'un match qui avait commencé trois ans plus tôt. Ils devaient s'en douter, car ils n'intervenaient plus entre nous.

Dominique avait un regard convaincant parfois. Comme les ongles rongés qui parlaient pour lui. Je l'affrontai quelques minutes en silence, ce regard. Il disait : « Tout ça, c'est des prétextes et tu tournes autour du pot. Je t'ai vu faire le singe pendant trois ans. Je dis bravo ! Mais tu es comme Rachid. Ton intégration, du vent ! De la frime pour te donner l'impression que tu sais où tu vas. Alors, guide ou pas, Pierrefont, c'est la vie de Sélima. Et Sélima, c'est toi. »

Le message était peut-être moins onctueux, plus « politique » parce que Dominique faisait de la politique, mais il était clair.

Je me suis levée. J'ai secoué la tête plusieurs

fois puis j'ai dit :

— O.K. Vous viendrez à Pierrefont. Je ne sais pas si vous réussirez quelque chose. Je vous dirai ce qu'il ne faut pas faire avec les gens là-bas. Laissez-moi quelques jours.

Et je suis partie sans me retourner. Je ne capitulais pas. Je cédais à Dominique en attendant qu'on fasse nos preuves, chacun de notre côté. J'avais les idées embrouillées, j'étais crevée, pire qu'après trois devoirs de physique, et le soir, dans mon lit, j'ai pleuré tout ce que je savais sur le singe qui m'avait tenu compagnie pendant si longtemps.

Au moment de m'endormir, j'ai pensé : « Demain, il faudrait que je parle à Djawed... »

Le lendemain était un samedi. Ce jour-là, je ne suis pas près de l'oublier non plus. D'abord, je suis restée dans mon lit jusqu'à ce que ma mère vienne voir ce que je fabriquais. D'habitude, le samedi matin je me lève encore plus tôt qu'en semaine pour travailler. Non, je n'étais pas malade, lui ai-je expliqué, mais je tirais ma flemme — un mot que j'ai dû lui traduire en arabe. Evidemment, ce n'était pas une expression courante à la maison! Eh bien! elle n'a fait aucun commentaire. Je crois même que ça lui faisait plaisir de me voir « tirer ma flemme » mais je m'avance peut-être. Je n'ai jamais eu de rapports profonds avec ma mère.

Un peu plus tard, j'ai avalé mon petit déjeuner sur un coin de table à la cuisine en la regardant éplucher ses légumes. Je l'ai même aidée à faire la vaisselle. Là non plus, aucun commentaire de sa part. On a parlé ou plutôt elle m'a entretenue de mon frère Larbi qui était en déplacement à Aix. Puis j'ai traîné dans l'appartement. J'ai fait mon lit pour le défaire un quart d'heure après et m'y fourrer bien au chaud. Je voulais réfléchir mais je n'arrivais pas à mettre deux idées bout à bout. J'avais envie de tomber gravement malade ; on me soignerait sans rien me demander, sinon ma température...

La scène de la veille au « Six Billards » m'apparaissait très lointaine et un peu irréelle, un peu idiote aussi. Je la trouvais potache. De l'enflure sur du creux. Mais mon sac bourré de livres et de cahiers, les bouquins empilés sur ma table me faisaient le même effet. « Du vent ! », avait dit Dominique.

J'ai commencé à m'enliser dans des pensées bizarres en comptant bêtement les rangées de fleurs de la tapisserie. Quelque chose avait dû se passer pendant mon sommeil. Le prof de philo, qui parlait de l'Inconscient comme si c'était un vieux pote à lui, aurait pu m'expliquer ce qui m'arrivait. Mais il m'aurait alors demandé de lui raconter mes rêves et je ne m'en souvenais jamais, ce qui réduisait le problème à zéro. J'étais paumée devant l'urgence des décisions à prendre à cause d'une tasse de chocolat, d'un singe, et d'un cœur de géante ! Et pour ça je me sentais aussi flasque qu'une vieille outre.

Comme mon père, ce jour-là, faisait des heures supplémentaires, j'ai pu négliger le repas de midi. Ma mère m'a seulement dit que la diète c'était bon pour les filles de temps en temps. J'ai eu envie de l'embrasser quand elle a dit ça, mais je n'ai pas osé. Je pense que, dans sa cuisine, elle devait prier pour cette espèce de chose — mi-fille, mi-garçon — qui était sa fille Sélima, produit incertain issu des malheurs de l'Indépendance et de l'Immigration. Ce jour-là, elle a peut-être espéré qu'un jour j'aurais enfin « des mains pour pétrir le pain », c'est-à-dire que je deviendrais une vraie femme.

Puis j'ai carburé à vide la moitié de l'après-midi. Jamais je ne m'étais sentie aussi misérable. De quelque côté que je me tourne, je m'apercevais qu'en fait d'immigrés, je ne connaissais plus personne, à Pierrefont comme ailleurs. Mes frères auraient pu m'aider mais Larbi était en déplacement et Lahkdar, l'aîné, vivait à Paris. Excepté avec la famille de Djamila et avec celle de Djawed, je ne savais plus dire que bonjour et bonsoir aux autres amis de mes parents qui passaient à la maison. J'avais rompu tout contact avec le reste de la cité. Restait Djawed...

J'avais pensé à lui la veille avant de m'endormir. La fatigue, ça fait délirer parfois. En faisant un petit effort mental je pouvais me représenter la situation : j'avais promis à des lycéens français de les mettre en contact avec des immigrés. Djawed, c'était le type rêvé ; d'abord parce qu'il connaissait tout le monde à Pierrefont, que sa bande seule suffisait à fournir un échantillon important d'immigrés tous azimuts ; ensuite parce qu'il en aurait des choses à dire !

Seulement, je n'avais pas approché Djawed à moins de vingt mètres depuis le soir du garage avec Djamila, et quand il venait à la maison ou que j'allais voir sa mère de la part de la mienne, lui ou moi, selon le cas, on changeait de pièce.

Et puis il y avait Dominique. Je n'étais pas sûre du tout qu'en le mettant au courant, il ne prenne les devants et ne se précipite à la recherche de Djawed. Et, en toute connaissance de cause, Djawed en mourrait de rire ou de fureur. Or, je ne mettais en doute ni la fureur de Djawed, ni l'opiniâtreté de Dominique, ni — ce qui était plus grave — ma lâcheté dans cette affaire.

La nuit est tombée et avec elle le retour à la réalité concrète : je n'avais rien fichu de la journée. Ni devoirs ni prises de contact pour l'enquête. Je me moquais des devoirs comme d'une guigne. C'était bien la première fois, mais il y avait tellement de premières fois dans ma vie depuis quelque temps... Et à côté de ce que j'endurais depuis le matin, une engueulade du prof, c'était presque une bénédiction, en tout cas rien de déshonorant. Ça me faisait presque rigoler d'imaginer la tête du prof de maths, qui m'avait à la bonne. Par contre, mes promesses pesaient lourd. Laure me tomberait dessus à la première occasion pour savoir si j'avais déjà pris des rendez-vous, je savais bien que, le moment d'incertitude passé, elle retrouverait ses manières de fonceuse.

Vers sept heures, je suis descendue parce que je ne tenais plus en place. J'ai erré dans la cité pendant une heure en opérant à partir du Supermarché et du rayon des cycles en particulier. Il y avait toujours un type ou deux de la bande à Djawed à rôder autour du matériel moto. Mais je n'ai rencontré personne. C'était étrange pour un samedi soir. Du côté du terrain vague et des garages je n'ai pas eu plus de chance. A croire qu'ils s'étaient tous donné le mot pour disparaître de Pierrefont à ma vue. Je parle de malchance ici, mais je ne sais pas si en revenant chez moi ce n'était pas du soulagement que j'éprouvais.

Mais le pire moment de la journée était encore à venir. Je remontais chez moi quand j'ai croisé un garçon que je connaissais de vue, un Italien, qui habitait deux escaliers plus loin.

J'aurais pourtant dû me méfier, ne pas suivre bêtement l'idée que, de toute façon, je n'avais rien à perdre en l'accostant. Ce type, je le connaissais à peine mais il avait une bonne grosse tête. J'ai réagi impulsivement en le voyant dégringoler les escaliers. Je me suis arrangée pour lui barrer le passage, mine de rien.

— Salut ! C'est toi le fils des Modiano de l'escalier F, non ?

— Oui, c'est moi, pourquoi ?

Il s'est arrêté pour se balancer sur un pied, deux marches au-dessus de moi, avec l'air pas du tout convaincu que j'avais de bonnes raisons pour l'interpeller comme ça. Mais je ne pouvais plus reculer :

— Tu te souviens de moi ?... On était à l'école primaire ensemble, non ?

Il a juste fait une grimace qui ne voulait rien dire, mais déjà j'enchaînais :

— Je suis en terminale au lycée Baudelaire. On fait une enquête avec des copains. Une enquête sur les immigrés... On voudrait interviewer des jeunes... Tu accepterais de répondre ?

La formule était pire que maladroite. Trop « directe ». J'aurais dû me douter qu'on ne prononce pas des mots comme « enquête » ou « immigrés » à Pierrefont, même quand oa ne s'adresse pas aux délinquants notoires. Avant qu'il n'ouvre la bouche, j'ai compris que Modiano allait refuser. Il a avancé sa grosse tête boudeuse :

— Bof ! ça ne m'intéresse pas ce truc ! D'abord,

on n'est pas immigré dans ma famille, mon père est italien, ce n'est pas pareil... Et moi, je vais être français, je me suis déjà inscrit à la mairie pour le service militaire, alors...

Et il a continué à descendre.

Quand il est passé devant moi, je n'ai pas pu m'empêcher de lui lancer :

— Parce que tu crois que quand tu seras français, la question sera réglée ?

— Bof, je ne sais pas, a-t-il répondu en haussant les épaules. Puis il s'est retourné, et, avec un air sournois :

— A ce que j'ai entendu dire, tu te fais appeler Anne Jelloud, non ?... Alors, qu'est-ce que ça peut te foutre à toi aussi les immigrés, hein ?

Et il a dégringolé les dernières marches et poussé la porte vitrée qui menait dehors sans dire au revoir.

Voilà, je l'avais bien cherché ! J'avais vu évoluer Pierrefont jusqu'à un certain point. Je ne savais plus rien de ce qui se passait ici. Je croyais que tout était immuable entre les tours grises, comme on dit, et moi, unique dans mon genre.

Modiano avait dit exactement ce que je pensais être la seule à savoir. Mais, à sa place, au lieu du service militaire et du père italien, j'aurais parlé du bac, de la fac et aussi de la guerre 39-45 de mon père. Des exceptions comme moi, il en avait poussé des tas à Pierrefont, la preuve ! Alors, je me suis sentie encore plus misérable que pendant cette journée de malheur.

Je me suis couchée sans manger en arrivant chez moi. Dans la nuit, j'ai commencé à crever de chaleur et à transpirer comme un bœuf. Au matin, j'étais malade : une angine blanche, la pire, me serrait la gorge sur ma culpabilité.

C'est bon d'être malade. D'abord on a le droit de pleurnicher, ce qui est difficile quand on est en bonne santé. On peut aussi raconter n'importe quoi, personne ne se fâche. On peut même changer de personnalité, les gens mettent ça sur le compte de la fièvre. L'embêtant, c'est quand ça se prolonge au-delà de la guérison. Ça amène des tas de conséquences qu'on était loin de prévoir.

Mais il vaudrait mieux que je reprenne les faits qui, eux, sont bien réels.

J'ai un souvenir plutôt vague de ce dimanche qui a suivi la réunion au « Six Billards ». J'ai passé ma journée à changer de pyjama toutes les deux heures parce que je transpirais comme un vieux morceau de gruyère. Et puis j'ai horreur des piqûres et j'en ai eu droit à quatre au moins !... Je sais aussi qu'à un moment j'ai pris le médecin pour mon prof de maths et que je lui ai dit de ne pas s'en faire pour l'interro, ou quelque chose comme ça. Mais ça n'a pas duré et j'ai tout de suite compris en sentant des doigts glacés me taper dans le dos que jamais mon prof de maths ne me demanderait de me déshabiller pour me taper dans le dos.

Il y avait toujours cette chose urgente qui surnageait dans mon subconscient, mais ça s'était émoussé comme le reste de mes souvenirs. En fait, je n'étais plus qu'une gorge, qui crevait de soif, mais je préférais encore me retenir d'avaler tellement j'avais du mal à déglutir.

Laure, qui a une mère psychologue, m'a expliqué depuis que mon angine était psychosomatique, c'est-à-dire que j'étais tombée malade pour éviter de regarder les choses en face. Tiraillée entre Anne et Sélima, je m'étais sentie tellement coupable que j'avais préféré faire l'autruche, bref attendre la fin de la crise, comme si ça pouvait se décider sans qu'on me demande mon avis!

C'est peut-être vrai. En tout cas, ça m'a donné le temps de réfléchir, ma maladie, et je dois dire que je me suis retrouvée guérie en moins de temps que j'avais mis pour tomber malade : deux heures après la fameuse visite du mardi et la confrontation avec Laure, Dominique et Martine, je ne dis pas que j'étais en pleine forme — je tremblotais encore sur mes jambes comme un bébé — mais j'ai eu faim et la fièvre est tombée d'un coup.

Ça c'est passé d'une drôle de manière. Le lundi matin, mon père a téléphoné au lycée pour avertir l'administration à mon sujet. Martine a fait un saut dans la soirée, mais j'étais encore en pleine vapeur et elle n'a pas insisté.

Le mardi, vers la fin de la matinée, j'ai commencé à me sentir mieux et à m'intéresser au monde extérieur. A un moment, j'ai entendu des coups de sonnette impératifs, puis des exclamations étouffées et tout un conciliabule dans l'entrée. Ma mère ne s'enflammait pas pour un rien comme la mère de Djamila, par exemple. J'ai eu un vague pressentiment et j'ai pensé à mon père ou à Larbi sur leurs chantiers. J'ai appelé ma mère très fort, enfin aussi fort que me le permettait ma gorge encore sensible. C'est à ce moment-là que ma mère m'a appris l'hospitalisation de Djawed et de deux autres garçons de la cité. D'abord, j'ai cru à un accident et j'ai demandé des détails. En moi-même, je repensais à l'enquête de Dominique, compromise pour de bon cette fois. Mais j'étais loin du compte... Ils avaient participé samedi soir (donc pendant que je les cherchais dans Pierrefont) à quelque chose qui ressemblait à un rassemblement, m'a expliqué ma mère, répétant ce que venait de lui raconter la mère de Djawed, madame Chawaf. Il avait dû y avoir des affrontements au moment de la dispersion ; c'était là que Djawed avait récolté deux côtes cassées. Quand sa mère était venue à l'hôpital. Djawed n'avait rien dit d'autre. Mais c'était la panique chez les Chawaf parce que des policiers en civil étaient venus « interroger » les parents sur les activités de leur fils.

Ma mère me parlait de rassemblement, moi j'avais déduit qu'il s'agissait d'une manif. Mais quoi, quelle sorte de manifestation ? Elle n'en savait rien. Les policiers avaient seulement dit aux Chawaf que, je cite, « les provocateurs dans le genre de votre fils, on a vite fait de les embarquer pour Alger par le premier bateau ! »

Une bombe explosant sous ma fenêtre ne m'aurait pas atterrée davantage. D'abord je suis restée sans voix une bonne minute. Puis j'ai demandé des détails. Il n'y en avait pas.

Quand je me suis retrouvée seule, j'ai essayé de faire le point. A quel genre de manif Djawed avait-il pu se rendre ? Puis je me suis rappelée la presse depuis une semaine : à part l'affaire Beladj, je ne voyais rien. Les policiers en civil qui avaient interrogé les Chawaf avaient parlé de provocation... Est-ce que la manif était une riposte au racisme de la presse ?

Je m'excitais toute seule. Peut-être qu'ils avaient soutenu le pauvre type à moitié dingue, sinon, pourquoi les flics auraient-ils parlé de provocation ? Puis j'ai essayé de raisonner pendant que ma mère se lamentait de me voir dans cet état. Non, je devais me tromper. Il s'agissait sans doute d'un innocent rassemblement syndical à la bourse du travail... Dans ce cas, pourquoi des heurts avec la police ? Ce n'était pas le genre des syndicats de rechercher l'affrontement, ni celui de Djawed de suivre des manifs syndicales... Alors ? Alors, je ne savais rien !

J'étais mortifiée en pensant que j'avais passé deux heures samedi à chercher Djawed dans Pierrefont pendant qu'il se faisait casser la figure. J'étais humiliée aussi de n'avoir pas été au courant. Même Dominique n'avait rien dit la veille. Depuis des années peut-être, Djawed, Dominique et d'autres avec eux, luttaient, se démenaient comme des diables, pendant que moi, je grimpais gaillardement les échelons, comme on dit. Voilà, j'étais aveugle ! Sourde et aveugle !

A partir de là, je crois que j'ai recommencé à délirer pas mal. Et quand Martine est arrivée, sur le coup de quatre heures, j'ai dû tempêter pour que ma mère, plutôt effrayée, ne la renvoie pas chez elle, sous prétexte que j'avais besoin de repos !

Je n'ai d'ailleurs même pas attendu que Martine soit installée près de mon lit pour l'inonder de questions sur ce qui s'était passé samedi à Marseille. Elle m'a regardé bizarrement, vraiment comme si je radotais, puis elle m'a conseillé de me recoucher et a commencé à me poser toutes sortes de questions gentilles sur mon angine.

— Tu n'as pas entendu ma question ?

Je devais avoir l'air peu commode parce qu'elle m'a considérée avec embarras :

— Quoi ? Quelle question ? Ah ! cette manifestation de samedi ?... J'ai entendu des trucs là-dessus au lycée. Visiblement, elle hésitait à poursuivre. Elle avait vraiment l'air embarrassée tout à coup.

— Qu'est-ce que tu as entendu ?

— Eh bien ! je n'ai pas compris... Je... Mon père a dit hier soir à table que ça vous porterait préjudice... Enfin, je veux dire, aux immigrés... Je n'en sais pas plus. Je n'écoute jamais la radio ni les nouvelles à la télé.

Elle a eu un petit rire pour conclure :

— J'ai travaillé tout le week-end la disserte de philo, quelle vacherie ! « Il n'y a qu'une méthode pour inventer qui est d'imiter. » ! Du philosophe Alain, un tortionnaire, ce type ! J'ai mal au ventre chaque fois qu'on a un sujet de lui. On dirait qu'il a écrit exprès pour les classes de terminale ! Et tu as bien de la chance d'y couper cette... Eh ! Anne, tu m'écoutes ?

J'avais fermé les yeux. Tout d'un coup, j'ai eu

envie que Martine s'en aille. Ça me paraissait tellement loin ses histoires de potaches. Je n'avais même plus envie de relancer mes questions. Elle avait dit la vérité. Elle ne savait rien. Pour elle, il n'y avait aucune différence entre vendredi dernier et aujourd'hui. On avait décidé de préparer le bac ensemble toutes les deux. L'an dernier, pendant son hépatite, je lui apportais tous les cours en double. Je n'avais pas besoin d'ouvrir les yeux pour découvrir sa sacoche sur mon bureau. Sûrement, elle renfermait un tas de notes pour les deux jours écoulés. La manif de samedi ? C'était un autre monde et mon intérêt soudain, une lubie due à la fièvre. Ça passera.

En me voyant immobile, les yeux obstinément fermés, a-t-elle compris que je me foutais d'Alain comme de ma première chaussette ? En tout cas, elle a changé de sujet pour m'annoncer que Laure et Dominique lui avaient demandé de mes nouvelles le matin même. Ça devait la tracasser parce qu'elle m'a interrogée un peu plus tard :

— Tu vois Laure et Dominique en ce moment ?

J'ai ouvert les yeux.

— Pourquoi tu me demandes ça ?

— Pour rien... Parce qu'ils ont beaucoup insisté... Je ne savais pas que tu les fréquentais.

J'ai senti la rancune, mais bizarrement ça ne

m'a pas touchée. J'ai détourné les yeux.

— J'ai pris un pot avec eux vendredi, au « Six Billards ».

Le vendredi, on ne sortait pas en même temps, Martine et moi, à cause de la seconde langue. Inutile de dire que j'avais choisi l'arabe, non pas pour mieux connaître ma langue maternelle, mais parce que ça me donnerait des points en plus au bac. En fait, il y avait tellement de différences entre l'arabe de mes parents et la langue littéraire que je me demandais si je ne m'étais pas fourvoyée. Mais c'est une autre histoire. Pour en revenir à Martine, elle a ouvert des yeux grands comme des soucoupes :

— Un pot ! Au « Six Billards » ! s'est-elle exclamée.

— Oui.

— Et... C'est eux qui t'invitaient ?

— Oui... C'est Laure.

— Ah !

J'ai soupiré. Martine, je ne la connaissais pas en fait. Je crois maintenant, mais je devais déjà le savoir, qu'on n'avait pas été bien loin elle et moi dans notre « amitié » — je veux dire sur le plan personnel. A présent, elle m'en voulait. Ça se voyait qu'elle m'en voulait, mais je ne savais pas si elle m'en voulait plus de ma franchise, d'être entrée au « Six Billards », ou d'avoir accepté l'invitation de Laure.

On a parlé ensuite de choses et d'autres mais le cœur n'y était pas. Je ne savais que dire. Mon excitation était tombée d'un coup. En électricité, on dirait que le courant ne passe plus. Je trouvais ses phrases fades et sans consistance. Sa voix même m'énervait. Je pensais à des bruits, des voix et des odeurs nouvelles, ceux du « Six Billards » par exemple. Ou ceux qui explosaient dans ma tête depuis trois jours. Une seule chose me faisait plaisir dans tout ce qu'elle disait : Laure et Dominique avaient demandé de mes nouvelles.

C'est à ce moment-là, exactement à l'instant où je pensais à eux, qu'on a sonné à la porte d'entrée.

C'était eux ! J'ai dû bégayer quelque chose comme « ça alors ! », étonnée par ma propre voix, tandis que Martine se levait d'un bond. Je ne me rappelle plus très bien quels genres de sentiments se sont télescopés dans ma tête, mais pendant quelques secondes, je ne m'y suis plus retrouvée ! L'incrédulité dominait nettement. C'était comme si je les avais appelés et qu'ils se soient matérialisés devant moi. Si on m'avait prédit, une semaine plus tôt, que j'éprouverais du plaisir à voir Laure et Dominique débarquer chez moi, je me serais tordue de rire. Avec le plaisir, l'excitation est revenue. Au galop. Mais si moi je me dilatais sur mon lit, ma chambre, par contre, rétrécissait à vue d'œil entre eux trois!

Ma mère a fait diversion pendant quelques minutes en apportant des sièges, du thé et des gâteaux déjà prévus pour Martine. Ça leur a donné le temps de se retourner et de se perdre en amabilités vis-à-vis de ma mère.

Sitôt la porte refermée derrière elle, j'ai assailli Laure de questions, toujours à propos de la manifestation de samedi. Je ne voulais pas voir que Martine et Dominique s'ignoraient ostensiblement. J'en avais fini avec les scrupules et les états d'âme. Je jouais ma partie comme je l'entendais. Et Laure m'a entendue. Parce qu'elle s'est mise à rire en s'installant sans façon sur mon lit:

— Tu es au courant!... Dis donc, tu ne perds pas de temps, toi, au fond de ton lit!

— Allez, vas-y, qu'est-ce que tu sais, raconte!

Elle a coulé un regard vers Martine, puis vers Dominique, comme pour les prendre à témoin que ce n'était pas elle qui commençait. Il y avait aussi autre chose dans son regard quand elle s'est retournée vers moi:

— Moi qui croyais que tu te faisais porter malade pour ne pas commencer l'enquête avec nous!

Il y avait dans sa voix un reste de scepticisme que j'ai balayé d'un geste. Les explications viendraient ensuite. Je voulais d'abord SAVOIR!

C'est comme ça, simplement en me découvrant cette tête d'affamée, que Laure et encore plus Dominique ont été convaincus qu'ils avaient eu raison de m'inviter au « Six Billards ». Parce que, je l'ai su plus tard, ils ne croyaient absolument pas que quelque chose était sorti de notre entrevue du dernier vendredi.

O.K. a soupiré Laure. Qu'est-ce que tu veux savoir ?

— Tout. Je veux tout savoir !

Je les regardais alternativement, elle et Dominique. Je les sentais embarrassés. Pas comme Martine tout à l'heure, non, eux c'était plutôt à force d'en avoir parlé qu'ils ne savaient plus comment aborder la question.

— Ça s'est mal passé, a dit Laure. Si c'est ce que tu veux savoir, ç'a été une catastrophe... L'improvisation totale...

— Ils avaient lancé l'idée de la manif le matin seulement. Parce que deux cafés algériens avaient sauté dans la nuit...

J'ai interrompu Dominique.

— Des cafés ont sauté tu dis ?

— Oui. Deux le vendredi dans la nuit et deux

autres dimanche soir.

— Mais... Pourquoi ?...

J'imaginais soudain mon père ou mon frère Larbi en train de boire une bière au comptoir. Puis l'explosion. Mon père et le comptoir, tout sautait dans la nuit.

— La manif n'était pas préparée... Quand les gens ont vu des immigrés défiler dans les rues, criant contre les attentats racistes, ils ont pensé que c'était pour soutenir Tahar Beladj... Je veux dire pour soutenir son geste. Ils n'ont rien compris.

— Personne n'a rien compris, a renchéri Laure. On entendait les gens gueuler du trottoir que c'était une honte de laisser défiler des assassins ! J'étais presque soulagée quand les gardes-mobiles ont commencé à descendre de leurs cars.

Du regard, j'ai encouragé Laure à continuer. Je me sentais de plus en plus forte, les idées de plus en plus claires. C'est Dominique qui a repris :

— Il y avait eu un tel matraquage dans la presse que les gens ont été choqués... Ils se sont mis à voir des Beladj partout. Si le type s'était appelé Dupont, trois lignes dans le journal et l'affaire était terminée... Avec Beladj, ils ont presque parlé de complot international. Ils s'en sont donné à cœur joie !

— Et quand les gardes-mobiles sont intervenus, tout le monde a laissé ratonner...

— Ah! parce qu'il y a eu des ratonnades?

— Un peu, oui! Toute la soirée que ça a duré. Avec Domi, on a réussi à quitter la manif à temps. Mais il y en a qui ne voulaient pas bouger...

Après mon père, j'imaginais Djawed se démenant plus que tout le monde... Il tombait pendant qu'on le bourrait de coups. Et comment elles s'étaient cassées ses deux côtes, hein?

Dominique poursuivait:

— Depuis samedi, on ne peut plus faire trois pas dans Marseille sans rencontrer des flics en train d'interpeller tout ce qui n'a pas le teint très clair, « pas très propre » comme j'ai entendu hier... J'ai même vu des femmes, dimanche, sur le marché, qu'on fouillait, comme au bon vieux temps, paraît-il...

J'y étais presque. Encore un coup et je voyais Pierrefont entouré de barbelés avec des miradors pour faire « plus vrai »... Voilà à présent qu'il me fallait imaginer ma mère entre les pattes des flics... Elle ouvrait ses couffins et les types trituraient les légumes, déchiraient les emballages. C'était fortement suggestif et je commençais à avoir très mal au crâne.

— Il y a eu des blessés? ai-je demandé d'une voix blanche.

— Je ne sais pas, sans doute, a dit Dominique.

Il y avait une telle pagaille à la fin ! Des copains nous ont affirmé que les flics avaient embarqué pas mal de monde. Dans le journal d'hier, pas un mot. A peine s'ils l'ont annoncé à la télé.

Martine a bougé comme si elle allait parler. Elle nous regardait d'un air sceptique. Je l'avais complètement oubliée. Qu'est-ce qui aurait pu la concerner dans ce que racontait Dominique ? Rien. Comme moi, une semaine plus tôt. Mais il y avait Djawed à l'hôpital... Et ma mère ouvrant ses couffins, sans un mot, devant des flics pour qui elle n'existait pas. Martine, elle, n'aurait jamais de Djawed dans sa vie, ni une mère obligée d'ouvrir ses paniers comme une voleuse ou une criminelle. Et sans doute aussi que son père ne risquait pas de sauter avec le comptoir du bistrot où il était en train de boire sa bière. Son père et le mien ne devaient pas fréquenter les mêmes bistrots. Elle a hésité une seconde avant de se lancer :

— Ce que je ne comprends pas... c'est pourquoi on improvise une manifestation... Les gens ont l'habitude de savoir à l'avance ce qui va se passer... Ils ont eu peur, c'est normal.

Dominique a fait un pas dans sa direction. J'ai bien vu qu'il essayait de se retenir.

— Parce que tu trouves normal qu'on fasse sauter les cafés arabes ? Tu trouves normal qu'on se serve d'un pauvre dingue pour ratonner ceux

« qu'ont pas l'air propre » dans tout Marseille ? Et puis tu crois qu'on leur aurait laissé le temps de préparer tranquillo leur manif, aux immigrés ? Et tu accepterais sans protester, toi, qu'on t'injurie pendant cinq jours en public, qu'on remplisse les colonnes des journaux avec des saloperies sur ton compte ?

J'avais envie d'ajouter que j'avais trouvé normal de tuer Sélima Jelloud parce que, justement, tout le monde au lycée avait « trouvé normal » de m'appeler Anne, elle, Martine, la première. Et que si Dominique m'avait critiquée à l'époque, c'était pour les mêmes raisons qu'il se révoltait aujourd'hui contre le racisme des bonnes gens...

— Près du lycée, ils ont gueulé « Beladj assassin, dehors les Arabes ! » a ajouté Laure d'un ton neutre.

— Et tout à l'heure, en descendant du bus, il y avait des inscriptions sur les murs « Pierrefont à raser », « Pierrefont nid de vipères », etc. C'était encore frais, a dit Dominique.

Martine m'a regardée pour me prendre à témoin.

— Mais Anne, rappelle-toi, tu es la première à dire qu'il faut raser Pierrefont... Les types d'ici s'amusent à crever les pneus des voitures, pour le plaisir... Je me fais toujours embêter quand je viens te voir... La délinquance, ça existe quand même ! Tu n'arrêtes pas de ton côté d'affirmer que c'est sinistre !

Elle avait l'air grave et ce qu'elle disait n'était pas faux. Dominique et Laure ont eu le même mouvement agacé. Martine venait subtilement de détourner la conversation sur un terrain plus mouvant pour eux. Ils ne pouvaient pas reconnaître ses arguments sans avoir l'impression de me trahir. C'était donc à moi de répondre.

Ce que je n'aimais pas, c'était la façon dont Martine se défendait en critiquant Pierrefont. Et c'était aussi la première fois que je l'entendais parler comme ça. Elle s'était bien offusquée d'apprendre que les Bouaziz élevaient des poules sur leur balcon, mais j'avais ri. Moi, ça ne me gênait pas. Je lui avais expliqué que les volailles engraissées à la maison avaient bien meilleur goût et qu'on pouvait les tuer soi-même, selon la tradition. Mais elle n'avait pas paru comprendre.

— C'est vrai, Pierrefont, c'est sinistre, lui ai-je répondu. Il y a des tas de types pour le dire, et même des architectes... Ils ont peut-être raison de vouloir raser les HLM... A la place, on remettrait les bidonvilles d'avant. Ma mère m'a dit que c'était tellement dégueulasse que même les voyous se sauvaient. Evidemment, ce serait une solution... Remarque, il y en a une autre : ce serait de rejeter tous les Arabes à la mer, on n'en parlerait plus !

Ma mère ne m'avait jamais rien rapporté de semblable bien entendu.

— Je n'ai pas voulu dire ça ! tu déformes ma pensée ! s'est exclamée Martine en devenant toute rouge. C'était une constatation ! Toi-même...

— Je sais. On commence par constater... Et on finit par croire qu'en supprimant les conséquences, on s'attaque aux causes, refrain connu... Ils n'arrêtent pas de nous bassiner avec ça à la télé.

Martine a eu l'air interloqué. Elle ne savait pas que, depuis quatre jours, j'essayais de raccommoder ensemble les morceaux hétéroclites qui composaient ma vie. Elle s'est écriée :

— Je ne suis pas pour raser Pierrefont, bien sûr ! Mais c'est normal de lutter contre la délinquance, non ?... On ne devient pas forcément voyou parce qu'on habite ici ! Tu n'as pas mal tourné, toi par exemple. Et tu n'es pas la seule, quand même !

J'ai pensé alors à Modiano, le type qui s'était inscrit sur les listes pour faire son service militaire. Ce n'était pas un voyou, lui au moins. J'ai eu un rire pas vraiment gai.

— Oui, bien sûr... Il y a comme ça quelques exceptions dans mon genre... On nous a injecté de l'exception à haute dose... On nous cite en exemple... Moi, je suis un exemple vivant ! On parle de moi jusqu'à l'inspection académique, je le sais par le prof de maths. « Regardez ! dit le dirlo du bahut. Regardez, il y a quand même des enfants d'immigrés qui passent le bac chez moi ! »... Et si j'en avais marre de représenter à moi toute seule les immigrés ? Et si j'en avais marre de servir de caution ? Combien il y en a des filles algériennes et même des Arabes tout court et même des immigrés tout court qui passent le bac cette année en France, hein ?...

J'avais de nouveau horriblement mal à la gorge. Et l'énervement n'arrangeait pas les choses. Mais j'étais lancée. Je ne pouvais plus m'arrêter. Je ne parlais pas pour eux trois. Même Martine, au fond, je l'aimais bien. Elle m'avait aidée à sa manière pendant toutes ces années. Mais j'avais besoin de parler devant témoins. La goutte d'eau qui faisait déborder le vase, ça avait été d'imaginer mon père interpellé par les flics qui le tutoieraient, le bousculeraient pour qu'il se dépêche de leur montrer ses papiers... Et ma mère ouvrant ses paniers devant un tas de curieux hostiles au marché, et Djawed, l'idiot, qui se faisait casser des côtes en rigolant, je suppose, pendant que moi, je servais de caution à mon directeur d'école, aux inspecteurs d'académie bien tranquilles dans leurs bureaux, au ministre de l'Education même. Je me préparais un avenir d'amnésique et ça, je ne le supportais pas.

— ... C'est à cause de ce pauvre fou de Beladj... Alors, parce qu'un chômeur qui n'en peut plus de crever dans son coin plante son couteau n'importe où, on voit des assassins partout!...

En entendant la porte d'entrée se refermer derrière ma mère, j'avais haussé la voix sans m'en rendre compte. J'avais envie de pleurer mais je n'arrivais pas à me tirer une seule larme. Je me sentais sèche, comme si je m'étais soudain racornie de l'intérieur.

— ... Si le type est arabe, c'est tous les Arabes qui vont payer pour lui... Et on ratonne pour l'hôpital ou la prison, on vide les sacs des femmes, on rase les cités où ils vivent comme on dératise les îlots insalubres... *Mais on n'est pas des rats, nous autres!*

Voilà, je pleurais. J'étouffais enfin. J'avais mis quatre jours pour arriver à pleurer avec de vraies raisons. Ça faisait trop mal les images que j'avais devant les yeux.

Je crois que Martine a fait un geste et que Laure l'a retenue. Elle avait raison, Laure. Je n'aurais pas supporté d'être consolée. On ne se console pas de s'apercevoir qu'on s'est trompé du tout au tout. Rien ne console de ça. Les consolations, ce sont des écrans protecteurs, des écrans comme en mettent les vieux acteurs, qui superposent des couches de fond de teint pour cacher leurs rides et leur vraie tête. Moi, au contraire, il fallait que j'enlève toutes les couches qui me peinturluraient la face, et la plus importante de toutes, celle d'Anne Jelloud, l'exemplaire élève de terminale, fille d'ouvriers immigrés et future étudiante avec une carte de visite bien conforme, *made in France,* de quoi bâillonner n'importe quel individu en mal d'identité.

Entre les événements que je rapporte ici et mon départ demain matin pour Alger, il ne s'est passé que quelques mois d'hiver. Mais la marmotte en moi avait dormi trop longtemps pour ne pas s'éveiller, comme les autres, un beau jour de printemps. J'ai eu le temps de lisser mes poils un à un, d'interroger tout qui pouvait m'éclairer sur moi-même. A commencer par ma mère, que je connaissais si peu parce que je ne voulais pas lui ressembler. Donc je me suis réveillée en plein hiver pour me précipiter dehors, malgré le mauvais temps... J'ai été vite dégrisée. Au lycée, par exemple, les tentatives pour me faire appeler Sélima — toujours les symboles — ont lamentablement échoué. A la maison, et malgré ma prudence, j'ai très vite déchanté. « Travaille bien à l'école », m'a répété mon père sévèrement. « Passe tes examens ».

Moi je voulais commencer à travailler « pour de bon », quitter le lycée. Il n'en fut même pas question. Cette fois, même ma mère résistait. Elle comprenait encore moins que je veuille m'arrêter après la rage que j'avais mise à m'intégrer coûte que coûte.

Je me sens horriblement coupable depuis ce temps-là. J'espère me débarrasser de ce sentiment en Algérie. Je le souhaite de tout mon cœur. Il faudra bien que je finisse par m'en débarrasser, si un jour je veux vivre dans mon pays sans m'y sentir étrangère.

Ici, il faut que je rapporte mon entrevue avec Djawed, qui se situe quelques jours après mon angine. Je m'étais promis d'avoir une explication avec lui : c'était ma première décision de transfuge. Je ne voulais rater ça à aucun prix.

Comment je me suis retrouvée devant les grilles de l'hôpital Saint-Jean, je ne le sais plus et ce n'est pas très important. Je savais simplement qu'il *fallait* que je passe par là. Les deux côtes cassées de Djawed s'agrémentaient en fait d'un enfoncement du thorax et de contusions multiples. Bref, je m'en doutais, les conséquences de ce qu'on appelle joliment « un passage à tabac ». Je n'en savais pas plus, Djawed n'ayant rien dit à ses parents.

Prétendre que j'étais mal à l'aise en abordant son pavillon serait nettement en-dessous de la vérité. Je crevais de trouille ! Une sale moiteur sur tout le corps en plein mois de novembre, j'avançais malgré moi, refusant obstinément d'imaginer son accueil. J'avais les mains vides, jugeant du dernier mauvais goût de lui apporter ces tristes « douceurs aux malades ». D'abord parce qu'il n'était pas malade, ensuite parce que j'avais peur qu'il ne m'envoie mes paquets à la tête.

C'est difficile de raconter ce qui se passe dans ces cas-là, pendant les premières secondes — qui comptent double. Pourtant, après coup, j'ai su que cela n'avait pas été trop mal : je n'ai jamais vu pareil ahurissement sur le visage de quelqu'un. Il a secoué un peu la tête comme s'il se réveillait et s'est immobilisé, la bouche entrouverte.

Quand il l'a refermée, ça a été pour dire :

— Qu'est-ce que tu viens foutre ici, toi !

Voilà, ça s'est donc relativement bien passé. Puis il a froncé les sourcils et n'a plus bougé.

Je pense que ma réaction a été cent fois plus surprenante. Parce que je ne pouvais pas prévoir qu'on lui avait tondu le crâne dans tous les sens pour les points de suture. J'ai éclaté de rire.

— Oh, Djawed ! Si tu voyais ta tête ! On dirait un Indien !

C'est alors que j'ai entendu une voix derrière

moi.

— Dis donc, mon gars... Si toi ça ne te fait pas plaisir de recevoir de la visite, elle au moins, elle se rattrape !

C'était l'inévitable compagnon de chambre qui parlait. Il occupait le lit qui faisait face à celui de Djawed et je ne l'avais pas remarqué en entrant. Les deux autres lits étaient vides.

Moi, ça m'a détendue de rire. Je me suis assise au pied du lit.

— Tu permets ?

Et je me suis bien gardée de lui demander de ses nouvelles. Mais j'avais pris soin de voir sa mère avant de venir. Elle m'avait remis des lettres pour lui et aussi un paquet. J'ai déposé le tout sur la table de nuit.

— De la part de ta mère...

Il a regardé les lettres, en a pris une, la tête changée tout à coup. Il l'a tournée et retournée entre ses doigts. Puis il a déchiré l'enveloppe et déplié la feuille.

— Les salauds, alors c'est vrai !

Un seul coup d'œil et il la rejetait devant lui sur le lit après l'avoir froissée. Il m'avait complètement oubliée. De la lettre, je ne voyais que l'en-tête et la frappe machine.

J'ai déjà dit que Djawed n'a que deux ans de plus que moi — donc vingt ans en novembre dernier — mais son visage tiré et marqué de bleu aux pommettes le vieillissait. Ça faisait un dur contraste avec l'oreiller. J'ai détourné les yeux. Le type en face a ouvert la bouche. Je lui ai intimé l'ordre de se taire, mais il a passé outre.

— Des mauvaises nouvelles, mon gars?

Djawed a tressailli. Il a ouvert les yeux pour me fixer.

— Tu es encore là? Tu admires le spectacle?... Non, ça a l'air de te gêner la gueule d'un Arabe passé à tabac qu'on vient de renvoyer de son boulot pour absence injustifiée. *Absence injustifiée,* qu'ils écrivent! Absence injustifiée! répétait-il, la voix mauvaise. Trois côtes cassées, le thorax enfoncé par des CRS patentés, un mois d'hosto, ils appellent ça *absence injustifiée!*

Une quinte de toux l'a arrêté. Il était sanglé jusqu'au cou dans une espèce de corset en plastique qui devait l'empêcher de respirer.

C'est à ce moment-là qu'une infirmière a poussé la porte de la chambre.

— Dites donc, vous avez fini de crier comme ça? On vous entend à l'autre bout du couloir. Vous allez vous calmer, oui?

— Merde! lui a crié Djawed. Puis il a été repris par sa quinte de toux.

J'ai sauté à bas du lit complètement affolée parce qu'il commençait à s'étouffer. J'ai entendu la porte claquer. Je me suis précipitée pour aider Djawed à se redresser.

— ... Pourront ajouter ça sur le procès-verbal, a-t-il haleté en se tenant la gorge.

Derrière moi, le bonhomme protestait. Il devait s'adresser à la porte close.

— Peau de vache ! Un type s'étouffe et elle se carapate ! Ils ont rien dit cette nuit quand la vieille à côté a hurlé toute la nuit en nous empêchant de dormir ! Ah ! les vaches !

— Du calme, Djawed. Appuie-toi sur moi. Calme-toi.

C'est tout ce que je savais dire. Djawed suait à grosses gouttes, les pommettes toutes rouges à présent. J'allais appuyer sur la sonnerie d'appel — peau de vache peut-être, mais infirmière quand même ! — quand la porte s'est rouverte sur ce qui ressemblait à une surveillante. L'infirmière insultée sur les talons.

— Dites donc, Chawef, je vous prie d'être poli avec le personnel, sinon, allez vous faire raccommoder ailleurs, compris ?

Un simple coup d'œil suffisait pour s'apercevoir que Djawed avait besoin de soins. Ni l'une ni l'autre ne l'a eu. J'ai fait un geste vers les deux mégères :

— Excusez-le, madame, mon ami venait de recevoir une lettre de licenciement et voyez...

J'allais demander leur aide. Je sentais que Djawed était brûlant de fièvre. Mais la surveillante ne m'a pas laissé le temps de continuer.

— Je m'en moque, moi, de son licenciement! D'abord, on ne licencie pas les gens sans raison... Et quand on est ramassé fin saoul après une bagarre, on ne vient pas, en plus, insulter le personnel qui vous soigne!

— Ah! mais, mais...

J'ouvrais des yeux comme des billes, n'en croyant pas mes oreilles. Qu'est-ce qu'elle racontait? Puis j'ai vu Djawed faire de la main un geste qui pouvait dire « laisse tomber, tu veux » ou quelque chose comme ça. Il avait l'air épuisé et fermait les yeux, sans doute pour essayer de se calmer.

La surveillante s'est alors tournée vers le voisin de Djawed, comme si elle attendait la bagarre, puis de nouveau vers le lit de Djawed, mais c'était le même mutisme de ce côté-là. L'autre infirmière avait un air buté, qui faisait comme un masque.

— Au prochain esclandre, vous prenez la porte! a glapi la surveillante. Et c'était vraiment de la provocation, cette façon d'insister. Mais Djawed devait complètement se moquer de ses grands airs, parce qu'il n'a pas bougé. Alors elle a fait demi-tour et est sortie, l'autre infirmière toujours sur les talons.

— C'est toi qui leur a raconté ce bobard ? ai-je demandé à Djawed quand la porte fut refermée sur les deux mégères.

Il a ouvert les yeux.

— Moi ? non. C'est les flics.

— Quoi ? ... Mais pourquoi ?... Et tu ne t'es pas défendu ?

J'étais complètement suffoquée. Djawed m'a jeté un regard de pure pitié. Je n'ai pas pu alors m'empêcher de penser : « voilà, on n'a même pas eu le temps de s'engueuler tous les deux. A présent — et il doit le sentir, lui aussi — c'est trop tard ».

Mais il a ébauché une grimace qui m'a fait revenir à ce qui me préoccupait l'instant d'avant.

— Parce que tu crois que la vérité sort de la bouche des Arabes ? a-t-il dit d'un air indifférent — du moins c'est comme ça que j'ai interprété par la suite son absence d'expression. Et effectivement, il n'y avait rien à ajouter à ça.

Derrière nous, le bonhomme grommelait depuis un bon moment.

— ... Et d'abord, c'est pas une raison pour insulter ceux qui aiment bien boire un coup ! Celle-là aussi, c'est une sale vache ! C'est même le chef des vaches !

J'ai vu Djawed sourire. Ça me détendait d'entendre la grosse voix du bonhomme. Puis il y a eu un silence.

Le silence s'est prolongé. Djawed respirait plus calmement et fixait un point du mur en face de lui, légèrement sur ma gauche. Il n'avait même pas ouvert le paquet de sa mère. Je fus tentée de le faire à sa place, puis j'abandonnai cette idée. En fait d'idée, j'en avais des dizaines qui me tourbillonnaient dans la tête. Et aussi des tas de mots, qui n'arrivaient pas à sortir en bon ordre, avec le maximum d'efficacité pour convaincre. J'avais envie de lui raconter, en vrac, ce qui me tombait dessus depuis presque quinze jours. A la fin, tout ce que j'ai trouvé, c'est :

— Tu veux que je te fasse quelques commissions ?

A quoi il a répondu :

— Non, merci. Ahmed doit passer tout à l'heure.

— Mais je peux voir ta mère ce soir et...

— Non. Non, ça va comme ça...

Mais je ne *pouvais* pas repartir comme j'étais venue. Alors j'ai lancé tout à trac :

— Quand j'ai appris, pour la manif, ça m'a révoltée !... C'est... C'est ignoble ce qui s'est passé... Je suis de votre côté.

J'aurais pu me dispenser de cette dernière maladresse, qui sonnait encore plus faux que le reste et qui nous reportait des années en arrière. Mais, curieusement, Djawed s'est contenté de hausser les épaules en ricanant :

— Bah ! la prochaine fois, on tâchera de faire mieux... Chacun son tour, pas vrai ? On est encore trop naïf, nous autres, on croit que les gens sont seulement trompés par une poignée de gus qui tiennent les ficelles... Tu parles !

Il m'a alors regardée presque gentiment. Non, plutôt sans rancune. C'était la première fois depuis l'école primaire que Djawed me considérait sans rancune. Ça m'a fichu un drôle de coup ! On aurait dit qu'il comprenait tout : pourquoi j'étais venue le voir et ce que j'essayais de lui expliquer depuis le début. Un moment, j'ai eu l'idée saugrenue que Dominique et lui se connaissaient. Mais c'était impossible.

Et puis il m'a demandé quelque chose qui a achevé de me démonter. Il m'a demandé comment marchaient mes études.

J'ai dû balbutier :

— Je passe le bac cette année... Mais ça ne m'intéresse plus...

Je ne savais plus très bien où j'en étais depuis quelques minutes. Sa réponse m'a sidérée.

— Tu as tort. Je regrette aujourd'hui d'avoir laissé tomber l'école.

— Tu... tu regrettes !

— Je regrette oui... J'ai compris ça depuis le

temps. Alors, profites-en, toi, ne te gêne pas, vas-y. De toute façon, des bourgeois, il y en aura toujours. Même chez... Je veux dire qu'en Algérie, il y en a des tas. Il paraît qu'ils ressemblent comme des frères à ceux d'ici. Alors, à quoi ça servirait de rester en France, si c'est pas pour être peinard, hein ? A moins de rester paysan dans la montagne, avec des chèvres, et encore !...

— Djawed, je...

Jamais je n'avais entendu Djawed parler comme ça. Il était tellement amer. Ses doigts avaient lâché la lettre de licenciement et il ne s'adressait qu'à lui-même, comme s'il m'avait oubliée. J'avais eu besoin de le voir pour me justifier, sans penser qu'au cours de toutes ces années, lui aussi avait évolué. J'avais cru qu'il m'ouvrirait les bras en disant : « brave petite, c'est bien », ou bien qu'il me demanderait des preuves avant de me donner le droit de redevenir Sélima. Je savais qu'il avait ce pouvoir-là sur moi. Mais non, je m'étais trompée. Lui aussi était en plein cirage. Et c'était pire que moi.

Il a continué de parler tout seul. Il délirait peut-être un peu, j'ai voulu me convaincre qu'il délirait. Il disait qu'il ne lui restait plus qu'à se faire truand pour de bon, à commencer par la caisse de son entreprise, qu'après l'hôpital, il connaîtrait la prison, ce qui ne le changerait pas beaucoup, puisque, de toute façon, c'était les flics qui l'y avaient amené. A un moment, il est revenu à mes études ; il m'a dit de foncer, d'écraser tous ceux qui s'opposeraient, de gagner plein de fric et d'emmerder tout le monde avec. C'est à ce moment-là que je lui ai dit que je voulais vivre en Algérie, que cette idée ne me lâchait plus. Il n'a pas répondu tout de suite et ça l'a stoppé net.

Mais il m'a regardée fixement avant de murmurer — je dis : murmurer, parce qu'il a vraiment parlé dans un souffle — j'ai même failli ne pas entendre :

— Si tu t'aperçois que tu as eu raison, tu viendras me le dire.

Voilà le vent qui se lève. Le mistral va chasser les nuages vers la mer. Il pleuvra peut-être sur Alger demain...

Je ne m'étendrai pas sur des événements mineurs comme l'exposé sur le racisme présenté par Laure et Dominique avec une semaine de retard. Djawed n'avait pas voulu les rencontrer, mais il en avait parlé à son meilleur copain, Ahmed Benzaïa. Ahmed s'était laissé interviewer avec un autre type, un Portugais. A la fin de l'exposé, le prof de philo a déclaré : « Intéressant, mais un peu subjectif ». Normal. Le subjectif, c'était sans doute à cause de la façon dont Laure avait raconté la manifestation du samedi et la scène de l'hôpital, que je lui avais rapportée. Forcément, on quittait les grandes idées généreuses. Les grandes idées généreuses, c'est objectif. Le reste, ce qu'on vit dans la vie, c'est subjectif. Normal.

J'ai eu aussi une grande scène avec Martine, qui n'a toujours rien compris. Elle dit que je suis sous l'influence de Dominique, qu'il est jaloux qu'une immigrée réussisse ses études aussi bien que n'importe qui — en aurait-elle douté elle-même ? — qu'il me détourne du travail scolaire exprès pour que j'échoue au bac, qu'il me sape le moral avec ses « trucs » (l'expression est d'elle) sur le racisme pour en finir plus vite avec nous deux (c'est-à-dire elle et moi), parce qu'on lui avait toujours tenu tête, etc. A la fin, elle s'est un peu dévoilée en me lançant que si elle avait su qu'un jour je cesserais de m'appeler Anne, elle aurait « hésité » avant de devenir mon amie. Elle m'a ensuite annoncé les pires échecs. Là-dessus, on s'est tourné le dos et j'ai changé de place en classe. Plus tard, j'essaierai de la convaincre, mais aujourd'hui je lui en veux encore trop.

Chez moi, ça n'a pas été l'enthousiasme quand j'ai parlé de passer mes vacances de Pâques en Algérie, officiellement « pour voir ». Il ne s'est trouvé que mon frère Larbi pour me soutenir. Ma mère était contente, je crois, mais elle n'a rien dit. Par contre, mon père ne voulait pas en démordre. Rien de bon ne me viendrait de ce voyage. Que je termine d'abord mes études, on verrait après.

C'était la première fois (encore une première fois) que je m'opposais à mon père. Il a eu peur, c'est évident. Et peut-être qu'il n'a pas tort. Je lui échappe. Les grands rêves qu'il a faits pour sa fille, sa fierté (Larbi m'a dit que sur son chantier tout le monde sait que je passe mon bac cette année), sont en train de s'évaporer, il le sent... C'est Larbi qui me paye mon billet. Je travaillerai cet été pour lui en rembourser une partie.

Moi aussi, j'ai peur. Bien sûr, ça ne me fait pas de mal de me détacher de mon père, au contraire. Mais je me demande si je ne vais pas trop vite. Pourtant, quand je repense à ce que m'a dit Djawed, malgré tout, j'y vois un encouragement.

Voilà. Il est trois heures du matin. Dans moins de cinq heures je prends mon vol. Je suis redevenue Sélima. Anne est morte. Je ne l'ai pas tuée, elle s'est détachée de moi comme une défroque qui ne sert plus. Je veux voir Sélima dans son milieu naturel. Je suis d'un optimisme à toute épreuve. Ça ira!

… *Sélima là-bas*

C'est donc si simple ! Quarante-cinq minutes... Le temps de boire une orangeade, de réviser mon plan d'Alger, de feuilleter le reste du Guide Bleu ! Le temps de monter au ciel, d'imaginer une seconde qu'on part à l'autre bout du monde... Quarante-cinq petites minutes de rien du tout, juste pour s'entendre dire qu'on « arrive, mesdames et messieurs... »

Si tu avais vu ma tête d'ahurie, Djawed, quand l'hôtesse nous a annoncé ça dans son micro ! J'avais l'impression que quelqu'un se gondolait derrière mon dos... Je me suis sentie bête, mais bête ! *Tant de bruit pour presque rien !*

O.K. je le savais, théoriquement, je le savais... Une mer de rien du tout à traverser, presque un grand lac... N'empêche, j'ai bien cru un moment qu'on atterrissait à Marseille. La ville, le port, la côte et même les couleurs, tout ça, vu du ciel, c'est bonnet blanc et blanc bonnet. Je me suis sentie frustrée. J'attendais... Je ne sais pas moi, des tornades, des tempêtes, des aventures à n'en plus finir, une agitation frénétique dans la carlingue, des trucs fabuleux qui me secouent très fort et d'où je sortirais sans mémoire...

... Mais non, quarante-cinq misérables minutes de soixante secondes chacune, un décalage horaire de rien du tout. Même pas le temps de se concentrer sur une idée, à peine celui d'apprendre à attacher puis à détacher sa ceinture...

... Et me voilà à présent dans un lit qui ressemble à mon lit, moi qui avais rêvé, je ne sais pas, de ne plus dormir, par exemple, dans une chambre qui ressemble à ma chambre. La seule différence, c'est que je la partage avec ma petite cousine Akila et qu'elle est encore plus encombrée que la mienne à Pierrefont. Bourrée d'armoires à glace, de tables de nuit, de chaises, de chromos sur les murs etc., comme si on avait voulu surenchérir sur les chambres des appartements français.

Heureusement, ô merveille pour l'assoiffée que je suis! il y a par terre un tapis splendide, qu'on ne voit presque pas, mais qui fait la nique à tout le reste, surtout aux courtepointes en vinyl, aux chromos français (je ne savais pas que c'était si laid, les chromos). Mais le tapis, il est merveilleux, avec des *arabesques,* des vraies. Je garde les yeux baissés vers lui pour me réchauffer le cœur et me croire, enfin, loin de France.

Comprends-moi, Djawed, ce n'est pas que j'attendais la caverne d'Ali Baba. En fait, je n'attendais rien de précis, seulement du dépaysement ou plutôt un « repaysement ». Il aurait dû y avoir un déclic quand j'ai mis pied à terre ce matin. Un petit déclic qui aurait fait la grande différence. Parfois, je le sens tout prêt à se déclencher... Par exemple, quand mon cousin Kamel m'a dit cet après-midi qu'à Laghouat il existait un vrai panneau routier sur la route de Ghardaïa qui indiquait « Le Cap : 13 000 km ». Là vraiment j'ai entendu quelque chose : j'ai pensé que devant moi, en me tournant vers le sud, il y avait non pas la mer, mais des kilomètres, des centaines de kilomètres de terre, le désert, et puis la savane sur des centaines de kilomètres, et encore plus loin des forêts vierges, les Tropiques et encore des déserts jusqu'à la mer Rouge.

Physiquement, j'ai senti l'Afrique sous mes pieds, j'ai compris que je pouvais partir en ligne droite, traverser un continent, comme ça, les mains dans les poches et rejoindre un jour l'Océan Indien, le Pacifique et me balader sur les récifs du Cap de Bonne-Espérance. Voilà ce que j'appelle le déclic et le repaysement, Djawed... Tu comprends maintenant pourquoi je me sens si mal dans cette chambre étouffante? Un tout petit espace trop douillet et bien conformiste — sauf le tapis — quand j'imagine qu'il fait partie intégrante d'un continent qui touche le bout du monde?

Et puis j'ai passé ma journée à servir de guide à ma famille; quand je dis famille, en fait, seuls mon oncle Ferhat, Akila et mon cousin Kamel m'accompagnaient. Mais c'est vrai qu'ils étaient éberlués. A croire que j'avais appris par cœur le plan de la vieille ville par exemple. Ce qui était presque vrai, le reste était improvisé. Moi, je n'avais pas assez de mes deux yeux pour me diriger. J'aurais voulu toucher les pierres, goûter à tout. J'ai traversé la casbah dans tous les sens. J'ai monté et descendu des centaines d'escaliers. Quand l'oncle Ferhat voulait me ramener vers la ville moderne, je redemandais de la casbah. Quand on m'entraînait, par exemple, vers l'hôtel Aurassi — un truc ultra-moderne et super-luxueux — je réclamais le vieux port turc et ses mosquées... C'est comme si j'avais voulu rattraper trente ans d'immigration, passer par-dessus l'époque coloniale, remonter l'histoire toujours plus loin.

Je n'ai pas osé dire que la ville européenne m'ennuie. C'est presque les mêmes rues, les mêmes maisons qu'à Marseille avec des cariatides et des balcons en fer forgé. Sans intérêt. Ce n'est pas ça que je suis venue chercher.

Mais l'oncle Ferhat a fini par le comprendre, quand il a vu que je me moquais comme d'une guigne des villas et des ambassades du quartier chic d'Hydra. Je le soupçonne de caresser l'espoir d'y vivre un jour et de quitter — du moins pour la famille, pas pour la boutique — Bab el Oued où il habite. Moi, j'ai aimé Bab el Oued ; ce n'est pas vraiment le déclic, mais au moins les gens débordent des maisons jusque dans la rue comme si, justement, elles ne convenaient pas vraiment à leur personnalité. Comme s'ils y étouffaient malgré la respectabilité et le conformisme.

J'ai bien vu, ensuite, que ma tante Zara était choquée, pour ne pas dire mortifiée, d'apprendre qu'on avait passé tant de temps au milieu de ces « taudis vétustes et sales » — comme elle a qualifié les merveilleuses maisons de la casbah. Elle n'a pas compris que j'étais seule « coupable » et l'oncle Ferhat s'est fait engueuler en arabe parce que « j'allais avoir une mauvaise opinion des réalisations du pays depuis l'Indépendance ». Kamel a compris, lui, parce qu'il a lancé au milieu de la discussion que « la cousine Sélima préférait la préhistoire ». Je ne le connais pas assez, Kamel, pour savoir s'il ne se moquait pas un peu en disant ça. Mais je crois que je vais m'entendre avec lui.

Demain ou après-demain, je lui demanderai de venir avec moi visiter les gens de la ville. Peut-être, sûrement même, est-ce au travers des gens que je me reconnaîtrai le mieux...

Il faut que je te raconte mon arrivée, Djawed, pour mieux situer les deux niveaux dont je te parlais tout à l'heure. Je n'ai rien à dire sur l'aéroport ; c'était, je suppose, comme tous les aéroports. Mais tout de suite, j'ai remarqué les palmiers couchés sous le vent, un vent qui vient du Sud, du désert et non des Alpes. Des palmiers, j'en ai vu partout, de beaux palmiers en liberté, pas ceux de Nice, emprisonnés dans leurs grilles. Rien à voir non plus avec les pins couchés sous le mistral que je venais de quitter.

J'ai dit :

— Sélima, mon oncle. Oui, c'est moi Sélima.

C'est lui qui m'a reconnue. Moi, dans la foulée de l'hôtesse je ne voyais rien. Je débarquais vraiment sur la lune. Il y avait eu la douane. « Papiers, s'il vous plaît ». Coup d'œil du fonctionnaire : « Sélima Jelloud. Née à Marseille. Algérienne. »

— Tiens, née à Marseille ?

— Oui, à Marseille.

— Et.. vous êtes en vacances ?

— Oui, en vacances...

— C'est toi Sélima ?

— Oui, mon oncle. Sélima...

Quand la petite cousine Akila m'a sauté au cou, j'ai eu envie de pleurer.

— Bonjour! Bonjour! Bonjour!

— Elle comptait les jours, celle-là, a dit mon oncle en lui ébouriffant les cheveux. Lui aussi avait l'air ému. Puis il a ajouté : Bon voyage ? Pas trop fatiguée ? En voiture alors!

Il n'est pas aussi grand que mon père, l'oncle Ferhat, mais il a un ventre réconfortant. Il est l'aîné de la famille. C'est peut-être pour ça qu'il est commerçant et pas ouvrier comme mon père ou paysan comme les autres frères.

Plus tard, alors qu'on approchait d'Alger, il a dit :

— Regarde devant toi : Alger!

Et il a fait un grand geste de présentation. Dans la brume, la ville n'est pas si blanche qu'elle doit l'être au soleil. J'étais très émue. J'attendais le déclic. Il n'est pas venu parce qu'Akila s'est mise à me demander si en France les filles portaient des jeans comme les garçons. Ça m'a ramenée à Marseille et Alger n'a plus été qu'une ville quelconque sur les collines.

Puis il y a eu le moment où mon oncle m'a demandé si je parlais arabe. J'ai repris espoir et j'ai dit très vite :

— Je le comprends surtout, mais je ne parle pas

très bien... Je compte faire des progrès avec vous.

— Tout le monde parle français ici, ne t'inquiète pas, m'a-t-il répondu en riant. A la maison, il n'y a que la mère de ma femme qui ne le parle pas... Mais l'école est en arabe, hein, Akila ?

— Oui.. Mais je préfère le français ! En français, je suis première !

Je ne sais pas encore si c'est pour me faire plaisir — mais faire plaisir à qui ? — que toute la famille, depuis Akila jusqu'à la tante Zara, a commencé à critiquer l'arabe à l'école. J'ai été horriblement gênée toute la journée et le plus incroyable c'est qu'ils critiquaient l'arabe... en arabe ! Je dois trimballer avec moi une estampille spéciale, *made in France*... Est-ce qu'ils pensent vraiment ce qu'ils disent, est-ce qu'ils sont vraiment bilingues ? Il y a pire : la plus jeune sœur de tante Zara, Leïla, qui vit avec eux, m'a même dit : « Tu as bien de la chance d'être née en France ! »

Je revois le douanier de l'aéroport. J'aurais dû préciser : « Née à Pierrefont, monsieur. Pierrefont, bidonville arabe de Marseille. » Mais est-ce qu'il aurait compris, le type à la tête de fouine qui m'a lorgnée avec méfiance.

Je pense aussi à mon père, qui a voulu que je naisse en France (ma mère voulait accoucher au pays). Je pense à sa tête bizarrement penchée, qui s'est détournée quand je l'ai embrassé avant de le quitter... Il aurait pu se faire Français avec toutes ses médailles de guerre... On l'aurait pris pour un harki, mais c'est peut-être d'être pris pour un harki qui l'a fait reculer... Tu fais la gueule, Djawed ? Je ne devrais pas parler comme ça de mon père ? Tout le mal vient d'ailleurs, comme dirait Dominique ? O.K. Mais qui a entretenu le mythe, hein ? Et pourquoi j'ai voulu tuer Sélima ?... Un petit coup de pouce au destin et je serais française aujourd'hui. Je m'appellerais Anne et c'est peut-être elle que je voudrais tuer. Est-ce que j'aurais *plus* ou *moins* tort, dis-moi ? Une nationalité de plus ou de moins, qu'est-ce que ça veut dire quand ta propre famille te renvoie dans la figure qu'elle t'accepterait tout autant, sinon mieux, si tu t'appelais Anne !

Je constate que je passe par des moments de déprime extrême et d'excitation intense. C'est assez fatigant. Mais je ne suis pas venue pour me reposer. Quinze jours pour aimer mon pays, c'est peu et j'ajouterai que ma famille ne m'aide pas beaucoup — je veux dire à aimer mon pays, pas à me reposer. Parce que pour ce qui serait de me reposer, je ne pourrais pas trouver mieux que la maison de Bab el Oued où j'habite. Personne ne se pose de questions métaphysiques à mon sujet ici. Je suis en vacances touristiques et familiales. Point. Mes « lubies » (cf. la visite de la casbah) et ma curiosité passent pour un comportement bien propre aux touristes. D'ailleurs, si j'étais *vraiment* algérienne, est-ce que je trouverais « ravissant » (dixit ma tante) le quartier le plus pourri d'Alger ? Que j'aie en tête de venir vivre au pays ne leur vient pas à l'esprit — j'excepte Kamel, mais je reparlerai de lui.

Par exemple, il y a eu ce formidable lapsus d'un cousin, lointain c'est vrai, mais cousin tout de même ; une espèce de bureaucrate débile, qui n'a rien trouvé de mieux que de m'expliquer qu'après mes études je pourrais revenir comme coopérante et gagner plein de fric (les coopérants étrangers ont un double salaire). Kamel a répondu à ma place parce que j'étais complètement ahurie et que je le suis restée une bonne minute.

— Mais ma cousine est algérienne !

Le type ne s'est pas démonté. Il a murmuré de vagues excuses et a changé de conversation. Je l'ai presque entendu penser : « Oh ! alors, mieux vaut qu'elle reste en France ! »

Je bouillais de rage.

Tu vois, Laure, je nage en pleine contradiction... C'est comme avec les femmes de la famille. Je ne sais pas sur quel pied danser. Parfois je les adore, parfois j'ai envie de les battre. Quand tante Zara s'est précipitée vers moi pour m'étouffer dans ses bras énormes, je l'ai adorée. Rien à voir avec ma mère, qui se retient tout le temps comme si elle craignait que la France entière (la France qui garde la bouche pincée) ait les yeux rivés sur elle. La retenue, c'est une vertu française que je hais.

Ici, par contre, j'ai tout de suite été envahie,

engloutie par le bruit des femmes. Imagine, Laure, que, dès qu'elle m'a vue, Lalla Setti, la mère de Tante Zara, a commencé à me palper partout — il n'y avait que des femmes autour de nous — en hoquetant chaque fois qu'elle découvrait que j'étais pourvue « de tout ce qu'il fallait pour rendre un homme heureux » ! Vrai de vrai ! Et elle commentait ses découvertes avec une gamme de gloussements très variés, et des comparaisons en arabe qui m'ont fait rougir jusqu'aux oreilles. Et plus je rougissais, plus elle s'épanouissait. En sortant de ses bras j'étais la huitième merveille du monde ! Et aussi tourterelle, colombe, fleur de jasmin, miel, soie, rose, gazelle, et j'en passe... Même mes dents ont eu droit à un commentaire. C'est Leïla qui m'a expliqué ensuite que l'épreuve des dents, en fait, était capitale. Parce que Lalla Setti estime que les gens qui ont les dents mal plantées sont des êtres abominables, des suppôts du Diable, la méchanceté absolue. Ouf! moi et toi — quand tu viendras — on l'a échappé belle !

Ce fameux jour où j'ai eu droit à tous les noms d'oiseaux, on était dans la chambre de Setti, la seule pièce de la maison qui ne soit pas encombrée comme une salle des ventes. La seule qui ait de *vrais* tapis, de *vrais* matelas — par terre — un *vrai* trépied avec son plateau, etc. Bref, une chambre peinte en bleu, une *vraie* couleur orientale si tu vois ce que je veux dire...

On était entre femmes. Il y avait Leïla — dont j'ai déjà parlé mais dont je reparlerai, je crois — Faïza, la jeune femme de mon cousin Mohand, l'aîné de la famille qui travaille dans le pétrole, au Sud, ma tante Zara et, bien entendu, sa mère Lalla Setti, toutes voiles dehors. Il y avait aussi une voisine, plus ou moins cousine de ma tante, qui s'appelle Sélima comme moi. D'autres voisines sont passées également, entre deux thés, pour « faire ma connaissance ». En réalité, pour s'asseoir un instant, glaner quelques potins et repartir en me bénissant tout spécialement.

Je sentais que j'avais ma place là, juste à droite de Setti. Je me suis laissé bercer par leur bruit. C'est un bruit spécial, tu saïs, très envoûtant à cause des expressions intraduisibles en français. Il ne faut pas trop faire attention à ce qui se dit, sinon on aurait vite l'impression d'une réunion de commères. Mais je ne m'intéressais qu'à leur voix, à leurs gestes pour s'asseoir par terre, quand elles bougent de tout le corps et pas seulement des bras et des jambes. Lalla Setti est la seule à s'habiller à la manière traditionnelle, mais ce jour-là, pour me faire plaisir, elles avaient toutes accepté de passer la robe ou le sarouel. Et moi, j'avais revêtu une robe d'apparat de Faïza et ses bijoux de mariée. En principe, ça porte malheur quand on n'est pas soi-même mariée, mais j'avais tellement insisté que ma tante n'avait pas dit non.

Je ne sais pas à quel moment exactement ça a commencé... Je crois que c'est Leïla — oui, c'est elle — qui a lancé la conversation sur le sujet. Ça s'explique peut-être du fait que Leïla, qui a un an de plus que moi, est « promise » à un type qui travaille en France depuis un an et qui lui a juré qu'une fois mariés, ils s'installeraient à Paris tous les deux. Depuis moins d'une semaine que je connais Leïla, je n'ai pas encore deviné (tant elle en parle) si elle est plus amoureuse de Paris ou du type.

Je me rappelle que, la veille de mon départ, ma mère m'avait mise en garde d'une manière assez obscure, que je n'avais pas bien comprise sur le moment. Elle m'avait dit :

— On va te poser des questions sur notre vie ici. Sois honnête, mais ne raconte pas nos difficultés et la misère des gens comme nous... Oublie ça pour parler des bonnes choses.

— Pourquoi, Mà, pourquoi ? lui avais-je demandé.

— Parce qu'ils ne comprendraient pas qu'on reste en acceptant... tout ça ! Elle avait hésité avant d'ajouter : ... Et aussi parce qu'ils penseraient qu'on a quitté le pays pour être plus heureux... et qu'on a échoué.

C'est à cette mise en garde de ma mère que j'ai tout de suite pensé, quand Leïla s'est tournée vers moi, les yeux brillants, et qu'elle m'a dit : « Raconte maintenant... Raconte comment c'est la France ! » — et que je les ai toutes vues — y compris la voisine — se caler confortablement contre les coussins en poussant des soupirs d'encouragement.

J'ai fait d'abord semblant de ne pas comprendre — je ne savais que leur dire — en essayant d'en rire :

— Et qu'est-ce que vous voulez que je raconte ?

Même Faïza, qui est pourtant douce et timide, surtout devant sa belle-mère, a éclaté de rire. Je me suis tournée vers ma tante :

— Mais je parle très mal arabe... Lalla Setti ne va rien comprendre !

— On lui traduira, a répondu Leïla. Dis Sélima, c'est vrai qu'en France il y a des machines à laver qui sèchent le linge ?

— Et aussi des chambres spéciales où le linge sèche tout seul en une heure ?

— Et pour la vaisselle, comment elles marchent les machines ?

— Et c'est vrai qu'il y a des repasseuses automatiques ?

Leïla, Faïza et la voisine se renvoyaient la balle avec un plaisir évident. Tante Zara ponctuait chaque question de commentaires arabes destinés à sa mère. Il y a eu comme ça tout un tas de questions sur les machines les plus sophistiquées, une véritable revue des arts ménagers, jusqu'à des gadgets dont j'ignore même l'existence — tu as déjà entendu parler du peigne soufflant, toi ?

Alors, j'ai pensé à ma mère, à notre vie à Pierrefont et je me suis jetée à l'eau. J'ai parlé de la machine à laver la vaisselle des parents de Martine (la seule que je connaisse), j'ai inventé n'importe quoi, j'ai brodé sur des souvenirs de publicité, des choses qui n'avaient rien à voir avec la réalité. Je m'écoutais parler du programmeur électronique comme un représentant de commerce vante sa marchandise à des clientes crédules. Je répondais à la demande. « Alors, tu pars faire tes commissions, tu laisses ton poulet cru dans le four... Il s'allume à l'heure que tu veux et il s'éteint quand c'est cuit... »

Comment expliquer, après ça, que chez nous le frigidaire a dix ans et que la cuisinière est un truc antédiluvien. Que le fer à repasser que Larbi a offert à notre mère l'année dernière a tout juste un thermostat, mais que c'est le minimum qu'on puisse attendre de n'importe quel fer à repasser aujourd'hui. Enfin qu'on possède bien dans un tiroir un fouet mécanique qui ne remplace même pas la bonne vieille fourchette à l'huile de coude.

Mais j'étais là pour les faire rêver. La seule chose qui les intéressait, c'était de m'entendre raconter comment ma mère se servait de toutes ces merveilles, quels profits elle en tirait, quelle vie de reine elle menait... Et l'appartement où nous vivions, était-il grand ? On devait posséder la télévision en couleur bien sûr, et un magnétophone perfectionné comme en rêvait Kamel... Et les meubles ? Est-ce qu'on avait de ces armoires où on pouvait ranger toute une maison et qui s'encastraient dans les murs ? Et le linge ? Ma mère devait posséder des draps formidables, avec des couleurs, avec des fleurs. Et on devait aussi avoir de ces fauteuils profonds où on s'enfonce comme dans la plume pour regarder la télé, avec, à portée de main, la fameuse *table roulante,* tellement à la mode cette année à Alger, chargée de friandises et de nectars !

En fait, c'est Leïla qui décrivait à ma place l'appartement HLM de Pierrefont où j'habite depuis quinze ans. Elle était tellement persuadée qu'il devait être *comme ça,* qu'il ne *pouvait* être que comme ça, que je la laissais dire, la mort dans l'âme, tout le contraire, absolument tout le contraire de ce que j'aurais voulu leur expliquer. Je comprenais les mises en garde de ma mère. Je comprenais dans quel piège tombe l'immigré qui revient au pays.

Laure, Dominique, on a suffisamment parlé entre nous, tous ces derniers mois, des types qui retournent frimer au volant de leur bagnole, qui s'achètent même de fausses lunettes de ministre, qui exhibent des poches bourrées de billets de banque, et racontent tout un tas de bobards sur leur vie en France, alors que le fric ils l'ont emprunté et que la bagnole est une occase de rien du tout. On les a suffisamment critiqués. Eh bien ! j'ai compris cet après-midi-là pourquoi ça se passait de cette façon et pourquoi il ne pouvait en être autrement.

J'ai compris que Leïla, Faïza, et les autres ne me demandaient rien qu'un peu de rêve. A quoi ça servirait, sinon, de partir si loin ? De s'exiler ? Si tu ne reviens pas pour raconter la vie de pacha que tu mènes là-bas ? Avec tes bobards, ta famille se console. Un peu de ta « gloire » rejaillit sur elle. Chacun y trouve son compte finalement. On rêve. Même si on sait qu'on rêve, ça n'a pas d'importance. Alors, je me demande si les types n'en rajoutent pas « exprès », parce que c'est leur seul bonheur, le moment où ils déballent leurs merveilleux bobards devant une assemblée qui n'attend, elle aussi, que ce moment-là.

C'est ce qui m'est arrivé. Après trente ans d'exil, j'ai justifié les exilés. J'ai planté un décor formidable. Pierrefont est devenu une résidence trois étoiles. J'ai distribué des premiers rôles à tout le monde. De mon père, j'ai fait un chef d'entreprise, de ma mère, une bobonne super-gadgetisée, de mes frères, des aventuriers de la débrouille, et de moi j'ai dit simplement la vérité d'Anne. Oui, d'Anne. C'était suffisant pour qu'on croie tout le reste.

Dominique, j'ai mal. Je suis mal. Je voudrais que tu sois avec moi, que tu m'expliques pourquoi c'est si dur, que tu leur trouves des justifications. D'ailleurs, moi aussi je voudrais me trouver des justifications.

Djawed, j'ai mal. Je n'y arrive pas. Je cours après Sélima. Je m'essouffle.

Les premiers jours, j'ai pris tout ce qui venait, sans trier. Je me suis lovée dans un ventre et je croyais que c'était ma place. J'en ai même rajouté... Ce que je n'accepterais ni de mon père ni de ma mère, je l'ai reçu ici comme une manne céleste. La rigidité de mon oncle — car il est rigide ! — le matriarcat de ma tante, je m'y suis soumise avec délice. Au début, par exemple, j'ai cru à un jeu, à une marque de complicité entre nous quand tante Zara m'a appris à mettre le haïk pour sortir voilée en ville. Je trouvais mystérieux de passer au milieu des gens sans qu'aucun regard ne s'arrête sur moi. J'étais une sorte de fantôme blanc, curieux de tout, un fantôme familier de la ville, intégré au corps de la ville et je ressentais une énorme satisfaction de faire ainsi partie du décor, d'emblée.

Je n'ai pas non plus voulu être choquée par la docilité de Faïza vis-à-vis de ma tante. J'ai respecté ce que je croyais être du respect. Je me suis abandonnée à des normes, des règles qui me révoltaient auparavant... Je n'ai pas voulu penser à Djamila. Tu te rappelles de Djamila, Djawed ?... Je me suis dit que si Djamila avait finalement accepté d'épouser le type désigné par sa famille, c'est qu'elle éprouvait quelque douceur à se laisser ainsi guider. Comme si l'amour était né dans son cœur au moment même où on lui désignait l'élu ! Et c'est vrai qu'elle avait un air heureux le jour où elle est venue nous dire adieu. J'ai repensé à son air *paisible,* oui, elle devait être en paix. Et ça lui suffisait de vivre son bonheur, comme ça, par une sorte de procuration... Pour Faïza, l'expérience de Djamila m'a servie. Elle *devait* aimer la férule de tante Zara, ce n'était pas possible autrement. J'ai pensé qu'une satisfaction mystérieuse les liait toutes les deux, l'une ordonnant, l'autre obéissant, avec la même *sérénité...*

Laure, j'ai mal. Est-ce que la France m'a tellement pervertie? Je n'arrive pas à acquérir cette sérénité. Je n'arrive pas à aimer cette loi. Je savais bien qu'elle existait, mais moi je cherchais l'essentiel, le moteur de cette loi, de ces règles. Je croyais que de chercher l'essentiel rendrait tout le reste supportable et contingent, tu comprends? Je croyais que moi aussi j'y trouverais des douceurs, comme Djamila, comme Faïza... Mais non, j'étouffe. La famille m'étouffe. Elle me gâte dans tous les sens. Si je n'essayais pas de philosopher, je dirais qu'elle me pompe l'air, que je ne la supporte pas. Que Faïza n'est pas heureuse. Que ma tante Zara non plus n'est pas heureuse. Que quelque chose ne marche plus. Je voudrais bien qu'on m'explique. Moi, je prends tout au pied de la lettre. Leïla a tenté de m'expliquer. Elle semble avoir compris et renie tout en bloc. C'est une sorte de Martine. La réalité, elle n'en a rien à faire. Elle rêve libération, mais elle ne pense qu'à la sienne, celle qui va la conduire à Paris par l'intermédiaire d'un type. Ce soir, elle est venue me trouver dans ma chambre pour me dire:

— Retourne chez toi... En France. Retourne-y vite et oublie Alger comme j'essayerai de l'oublier, moi, quand je serai à Paris. Tu veux concilier des choses inconciliables, ma pauvre fille... Tu te casseras les dents... Il n'y a rien à faire, rien du tout !

... Parce que j'ai agi selon mon cœur, impulsivement, j'ai fait aujourd'hui quelque chose qui doit ressembler à un crime de lèse-famille. Autour de moi, ce soir, c'est la consternation. On m'a clairement signifié que Sélima n'est arabe que de nom... Même si Leïla, en cachette, m'a approuvée, ça ne change rien. D'ailleurs l'assentiment de Leïla ne me fait pas plaisir.

Je suis paumée. Complètement démoralisée et paumée.

C'est arrivé à cause de Kamel. Ou grâce à lui — je ne sais pas s'il faut que je lui en rende grâce. Mais c'est arrivé à cause de lui, à cause de sa façon de dire « la cousine Sélima aime la préhistoire », le premier jour. Et aussi parce qu'il a presque mon âge, qu'il me rappelle à la fois Djawed et Dominique et que je l'ai senti plus proche de moi, de ce moi tout neuf avec qui je vis depuis novembre dernier.

L'affaire a l'air tellement bête racontée comme ça que, sans le contexte, on croirait rêver. Mais il y a le contexte. Et il pèse lourd.

Je me souviens parfaitement que le jour de mon arrivée, j'avais tout de suite imaginé que la meilleure façon de prendre pied, d'atterrir vraiment au pays, serait de rencontrer des tas de gens différents, de ne pas me cantonner au strict voisinage de la famille et du quartier. On en avait parlé à Marseille, tu te rappelles, Laure ? Le côté visite des monuments historiques, traditionnels ou modernes, je le laisserais aux vrais touristes...

Les jours suivants, j'ai un peu oublié cette idée, c'est vrai. Parce que ma famille et le voisinage me suffisaient, justement. Je ne suis pas boulimique. Et puis, il y avait ma rencontre avec les femmes, celles de la famille et celles du voisinage. Moi qui avait tellement été sevrée avec ma mère, je découvrais les femmes. Je découvrais que j'étais une femme, grâce à Lalla Setti et à la façon dont j'étais reçue parmi les autres. Ma mère a toujours pensé que je devais être une sorte de garçon manqué et comme on ne parle pas de ces choses-là à Pierrefont, je devais être quelque peu « attardée » dans ce domaine... Ici, on s'est tout de suite adressé à moi comme à une vraie femme, on a envié mon « bel âge », on a exalté mes « rondeurs », on m'a posé toutes sortes de questions « indiscrètes », sur mes règles par exemple, et je déchaînais des fous rires avec mes réponses de petite fille. Et puis, les femmes entre elles font constamment des allusions à leur plaisir, elles parlent de leur corps sans aucune gêne, c'est fantastique !

C'est donc à cause de ça — à cause de l'idée que

j'étais bien une femme — que je me suis « déniaisée ». J'ai enfin compris pourquoi Kamel me fuyait, pourquoi il sortait par une porte quand j'entrais par une autre, pourquoi il « oubliait » toujours quelque chose quand on se retrouvait seuls tous les deux. Pourquoi on n'était pas copains et qu'il n'était pas question qu'on discute librement, qu'on se dispute, qu'on s'engueule et qu'on attrape des fous rires ensemble.

C'est pour ça que je l'ai provoqué. Je sais, c'est un peu bête, mais je ne prenais pas très au sérieux tous les salamalecs qu'il mettait entre lui et moi. D'accord, j'étais une femme, mais je pouvais très bien être une copine aussi, non ? Alors, je l'ai entortillé avec mon histoire de vouloir connaître des gens différents, ailleurs, dans la ville. Tant et tant que je lui ai extorqué un « oui » du bout des lèvres.

C'était avant-hier soir, juste avant qu'on passe à table. Pour me faire plaisir, tout le monde mangeait en même temps depuis mon arrivée. Même tante Zara prenait ses repas avec nous. C'était une grande victoire que j'avais obtenue. Mais je ne m'en rendais pas vraiment compte.

Je ne sais pas ce qui m'a poussée. Je crois que je voulais me venger de Kamel en me moquant de ses réticences. Je sentais bien que quelque chose ne collait pas, que je ferais mieux de me taire. Mais j'ai lancé à la cantonade :

— Kamel va m'emmener en ville un de ces jours. Il va me faire connaître des tas de gens. C'est moi qui le lui ai demandé et il est d'accord, n'est-ce pas Kamel ?

C'est fou ce qu'un silence peut crier ! Dans la seconde qui a suivi j'ai *entendu* l'air scandalisé de tante Zara et aussi l'affolement, la stupeur, l'émotion des autres, jusqu'au rire ironique de Leïla. Mais c'est l'expression du visage de mon oncle qui faisait le plus de bruit. Il était pétrifié, blanc et roide, comme du marbre.

Pas un mot, pas une exclamation n'a fusé. J'ai vu Kamel repousser sa chaise, se lever, se diriger vers la porte. Elle s'est refermée derrière lui et, pendant deux interminables minutes, personne n'a bougé.

Je ne comprenais pas. Je ne voulais pas comprendre. J'ai balbutié en regardant mon oncle :

— Qu'est-ce qu'il y a, oncle Ferhat ? Qu'est-ce que j'ai dit de mal ? Pourquoi Kamel...

Un peu de couleur lui revenait. Puis ses yeux ont perdu de leur fixité. Ils se sont posés sur moi avec une sorte de pitié et de l'incrédulité aussi... Je ne veux pas penser qu'il me méprisait en me regardant de cette façon. Tout à coup je me suis sentie horriblement coupable. Ce regard me faisait penser à un autre regard, celui de mon père, la veille de mon départ, quand je lui avais montré le billet d'avion que Larbi venait de me donner. Je crois que je me suis mise à pleurer sans m'en rendre compte.

Puis tante Zara m'a entraînée dans ma chambre. Je lui répétais :

— Je ne comprends pas... Mais qu'est-ce que j'ai dit de mal, tante Zara, qu'est-ce qui se passe ?...

Elle me tapotait l'épaule et répétait elle aussi :

— Ce n'est pas grave, petite... Ce n'est pas grave. C'est Kamel qui a eu tort... Mais ce n'est pas grave.

— Pourquoi, tante, pourquoi ?

— Ça ne se fait pas, petite. Kamel n'aurait pas dû te promettre de sortir seule avec lui sans en parler à son père... De toute façon, son père n'aurait pas accepté...

— Mais c'est moi ! C'est moi qui l'ai obligé... à... à sortir...

Elle a soupiré d'un air fatigué en s'asseyant à mes côtés sur le lit :

— Ça ne change rien, c'est Kamel qui a tort... Vous ne pensiez pas à mal, mais il sait qu'une jeune fille ne sort pas seule avec un garçon sans être accompagnée... Même si le garçon est son cousin... Surtout si c'est son cousin ! Ce sont des choses qui ne se font pas.

La voix de ma tante s'affermissait en répétant une leçon apprise par cœur depuis des siècles. Est-ce que j'étais venue pour apprendre, moi aussi, ce genre de leçon ? Est-ce que j'étais irrémédiablement vouée à *tout* accepter pour qu'on m'accepte *moi ?*

Tante Zara a parlé assez longtemps avec, parfois, un accent plus dur qui s'adressait directement à moi. A un moment, elle a dit :

— ... On n'est pas en France ici !

Elle n'a pas dit ça avec regret. Mais avec rancœur. J'ai sursauté et, plus sèchement que je ne voulais, j'ai répondu :

— Crois-moi, si on était en France, ma vertu se porterait aussi bien et on ne ferait tant d'histoires !

Sa rancœur venait d'éveiller la mienne. Toutes les insanités que, pour leur faire plaisir, j'avais dû débiter à propos de notre vie de pacha dans nos résidences trois étoiles ! Mais les femmes on n'y touche pas, hein ? Les femmes, c'est voilé, c'est mis au secret, c'est propriété de la famille, hein ? Kamel, tu es un imbécile d'avoir hésité une seconde ! Il fallait pousser des hauts cris, me battre au besoin pour me faire ravaler mes élucubrations de fille de rien ! Imbécile...

J'ai ravalé tout ça sur le moment. Pauvre tante Zara qui m'aurait crue folle. J'ai joué l'idiote de village, celle à qui il faut expliquer les choses dix fois pour que ça lui rentre un peu dans la tête. J'ai pris un air scandalisé :

— Mais ma tante, Alger est une grande ville tout de même et Kamel est mon cousin !

Elle a soupiré plusieurs fois et c'était déjà une réponse, tous ces soupirs.

— Bien sûr, bien sûr... Mais on est entouré de mauvaises langues, les vieilles du quartier sont terribles ! — je pensais à Lalla Setti : elle non plus ne devait pas être tendre avec les autres. Si tu sortais avec Kamel on vous fiancerait aussitôt. Notre famille perdrait alors tout son crédit si... Si...

— Si je repartais sans être *vraiment* fiancée à Kamel, c'est ça ?

— Oui, ma petite, c'est ça.

— Excuse-moi, ma tante, mais j'ai rencontré en ville des tas de filles avec des garçons, tiens pas plus tard qu'hier à la grand-poste. Elles étaient dévoilées et personne ne leur sautait dessus !

— Peuh... Ces filles, des étudiantes !

Je ne sais pas ce qui m'a le plus choqué : son air ou le ton avec lequel elle a dit ça. Je n'ai pas osé penser au sens que prenait pour elle le mot étudiante. J'ai dit doucement :

— Mais, l'an prochain, je serai aussi étudiante, tante Zara.

— Si Dieu veut, oui... Mais d'abord tu seras en France, ce n'est pas la même chose... Et puis, toi, tu es une fille de la famille, pas n'importe quelle fille qui se promène les jambes toutes nues et maquillées comme une...

Tant de contradictions avouées avec une telle candeur m'ont désarmée sur le coup. Tandis qu'elle reprenait son refrain, je comprenais que ma tante pouvait à la fois considérer *toutes* les étudiantes comme « perdues » et encourager la vocation de sa nièce en invoquant le Bon Dieu, condamner la France et mon éducation trop libre tout en m'enjoignant d'y poursuivre tranquillement mes études...

Je sais, j'aurais dû profiter de ce moment pour tenter de la convaincre. Ma tante n'est pas stupide. Elle aurait peut-être entendu mes explications... Mais j'étais effondrée. Je n'ai rien dit. Par lâcheté aussi, je me suis tue.

En fait, j'ai été d'une grande maladresse dans toute cette affaire.

Mais comprends-moi, Djawed, je trouvais leur attitude tellement grotesque, tellement dérisoire. Leurs petites histoires sur les filles de la famille et celles qui ne l'étaient pas. Sur les filles *de* famille et celles qui... Je n'ai que dix-huit ans, je respecte mon oncle et ma tante. Leur hospitalité, leur générosité à mon égard et aussi leur bon sens dans la vie courante ont touché en moi des choses très profondes et je me suis sentie souvent plus proche d'eux que de mes propres parents...

Mais je ne peux pas accepter d'être réduite au rôle de la jeune fille passive. Je ne peux pas voir Faïza et Leïla se bourrer le crâne avec des histoires de machines à laver. Je ne peux pas entendre tante Zara affirmer que les « étudiantes » sont des filles perdues... Je n'ai pas pu.

Alors le lendemain — hier donc — j'ai décidé de les mettre au pied du mur. J'ai agi impulsivement, je sais, et ce soir tout le monde est malheureux à la maison. Mais je ne regrette rien. Non, je jure que je ne regrette rien.

Ce fut très simple. Personne à la maison n'aurait imaginé que je puisse tenter un coup de force après ce qui venait de se passer : partir, comme ça, droit devant moi et toute seule, me perdre dans la ville, cumuler le maximum d'émotions, trouver mes propres repères. Moi-même, je n'y croyais pas hier encore.

Comprends-moi, Djawed : j'étais depuis onze jours à Alger... Plus que quatre journées, quelques dizaines d'heures avant le retour et, à part les balades véhiculées autour d'Alger, Tipaza, Cherchell, le tombeau royal mauritanien, le ruisseau des singes, les courses avec ma tante, un ou deux musées, si j'insistais, rien ne me serait donné à voir et à vivre. C'est comme ça. Personne n'y peut rien. Mon oncle travaille toute la journée, les femmes, n'en parlons pas. Restait Kamel... Tu sais ce qui est arrivé !

Et moi, rien que d'imaginer les curiosités insatiables de Leïla sur la mode et les régimes amaigrissants en France, les préoccupations ménagères de tante Zara, la gentille adoration d'Akila qui me demanderait pour la nième fois de lui décrire mon lycée, ma classe, mes camarades et mes profs, j'en étais malade !

Si au moins il y avait eu dialogue, si moi aussi j'avais pu épuiser mon insatiable curiosité ! Mais on me répondait « qu'il n'y avait rien d'intéressant à dire, que la vie de famille et le travail de chacun étaient les mêmes partout et que du reste, on n'avait pas à s'en préoccuper, puisque des gens spécialement nommés pour ça s'en chargeaient ? »

Alors je suis partie m'en rendre compte de mes propres yeux. J'ai laissé un mot sur mon lit pour qu'on ne s'inquiète pas. Et vers neuf heures ce matin, quand mon oncle s'est préparé à partir pour sa boutique, je lui ai demandé si je pouvais l'accompagner « pour prendre l'air en revenant à la maison ».

— Rapporte du pain ! a crié ma tante de la cuisine. Qui se souciait des quelques centaines de pas que je ferais seule entre la boutique de tissus de mon oncle et la maison ?

J'étais excitée. Quelques minutes encore et ce

serait l'Aventure avec un grand A comme Alger, comme Agir, comme Alliance, Ancre et Amie. Je comptais sur l'imprévu. Le déclic dont je t'ai parlé au début, impossible de le connaître quand tu dois regarder autour de toi avec des yeux de « petite-cousine-en-vacances-dans-sa-famille ». Tu vois trouble parce qu'on t'a expliqué à l'avance comment et où regarder. Ma famille a la vue fatiguée, elle est myope par habitude. Avec elle, impossible de te perdre.

Je voulais partir sans but, me remplir les yeux, les oreilles et le nez. Puisque je ne suis arabe que de nom — on me l'a fait comprendre — il fallait bien que j'apprenne à le devenir aussi du reste! J'ai donc fugué.

Ça te paraît dingue? Fuguer à Alger. O.K. Mais j'ai trop connu le ghetto à Pierrefont. Dix-huit ans de Pierrefont avec sa variante Baudelaire. C'est vrai que j'aurais dû être atteinte de la lèpre, la sale lèpre : le mal du ghetto, cette angoisse qui te prend aux tripes quand tu te risques dehors, histoire de voir, justement... Je l'ai compris à temps... Pas question de recommencer à Alger le même cercle vicieux : maison-marché-boutique et retour, deviner la mer entre deux palissades, deviner la ville de la terrasse, deviner les gens du balcon. La même lèpre, non merci.

Mais ne t'inquiète pas, je savais où aller. J'avais

entrevu quand même quelques repères par la vitre de la bagnole, ou lors d'une visite éclair, genre Guide Bleu... Un coin fantastique du Jardin d'Essai, par exemple. Une clairière équatoriale où je m'installerais avec mon sandwich, des brochettes de foie et de rognons de moutons, un régal. Ou bien la jetée Kheir ed Dine, près de l'amirauté, avec le port de pêche en bas, et devant toi la vieille casbah, la ville en « pomme de pin » et ses « cent mosquées »... Je n'étais pas en peine, tu vois.

Je suis donc partie à l'aventure. J'ai dit au revoir à mon oncle derrière son comptoir et j'ai filé droit devant.

D'abord je n'ai rien vu. J'avais les oreilles bourdonnantes, la démarche saccadée, la vue brouillée. J'ai tremblé comme ça jusqu'à la limite du quartier.

Après, j'ai oublié jusqu'à l'idée du retour.

Et encore après, j'ai rencontré l'aventure. Elle avait une forme triste et malfaisante. Elle errait comme moi dans la casbah et ma fugue a failli se terminer là, dans une impasse qui cachait des portes basses, vertes et roses et des mosaïques lépreuses recouvertes d'affiches. Elle avait la forme de deux garçons brutaux et tristes. Ils parlaient en arabe, très fort, en me serrant de près et il était à la fois question de mon sac en bandoulière et de coucher avec moi au fond de l'impasse. Qu'ils m'aient prise pour une étrangère ou non, peu importe. C'est moi qui me sentais étrangère à chercher mes mots pour les convaincre, devant l'indifférence de rares passants pour qui je ne devais avoir « que ce que je méritais ».

Je savais bien qu'on ne les laisserait pas aller jusqu'au bout. Déjà un homme, qui aurait pu être mon oncle, s'avançait pour repousser les garçons, déjà deux artisans étaient sortis sur le pas de leur porte en criant, mais c'était moi l'humiliée, moi la victime, qui avait tort pour eux tous.

C'est alors, à quelques mètres de là, que j'ai découvert les lettres d'or : « Hammam ». Comme « Sésame ». De l'or sur du vieux vert, la porte en ogive. Je m'y suis engouffrée en haletant, la peur au ventre, morte de honte.

Derrière la porte, tout a basculé. Je crevais de trouille, je tremblais de partout mais — c'est ça la magie — une vieille femme m'a harponnée par le bras en criant que c'était un scandale de venir au bain dans cet état, sans voile, sans serviette, et seule par-dessus le marché !

— Rien, elle n'a rien sur le dos !

Je me suis sentie poussée, tirée sans ménagement vers une pièce où la vieille m'enjoignit de me déshabiller. C'était une chambre de marbre rose, avec des bancs de jardin public, des vrais ! Je l'aurais embrassée, la vieille ! Elle était fantastique, enturbannée dans une immense serviette de bain. Royale!

... Après, je me suis perdue dans la vapeur du bain et le bruit des bavardages. J'ai vu des femmes accroupies devant leur bac en bois, l'écuelle argentée à la main, puisant de l'eau chaude. Les gloussements des enfants sous les mains expertes qui les étrillent. Les voûtes sombres qui résonnent. Et cette atmosphère d'eau qui coule, qui ruisselle sur les corps...

Un peu plus tard, une vieille femme m'a demandé de lui frotter le dos. C'était une faveur d'ancienne dans la maison. Et moi, j'étais l'élue de cette vieille pleine de plis, aux cuisses maigres, qui ne souriait pas comme d'autres, tatouée de bleu, rouge de henné. Une idole paisible qui réclamait une jeune fille pour lui frotter le dos.

Et je me moque de savoir si j'ai été choisie au hasard, parce que je passais devant elle à ce moment-là. Je m'en moque! Elle m'a dit:

— Viens ici, petite. Frotte-moi le dos.

Et je l'ai frottée pendant je ne sais combien de temps. Trop sans doute. D'habitude, la fille doit expédier ça comme une corvée. Moi, je songeais que Lalla Setti avait voulu m'emmener au hamman, un jour; tante Zara avait refusé: «le hammam, à présent, c'était bon pour les vieilles et à l'occasion de certaines cérémonies», avait-elle répondu. Il y avait une salle de bain à la maison, elle avait coûté très cher et il fallait sans doute l'amortir. Le bain privé, les femmes à la maison, même le hammam ne servait plus de prétexte à sortir !

Alors, la vieille, je l'ai frottée comme je l'aurais fait pour Lalla Setti. Et je m'intégrais sans effort à l'ensemble : au marbre sur les murs, aux arabesques poussiéreuses des colonnes, aux matelas de repos, jusqu'au thé très fort bu à longueur de pause.

Et toujours la mégère de l'entrée qui passait devant moi en me jetant des regards méprisants :

— Pas de serviette ! Même pas de serviette !

Quand je me suis retrouvée dehors, j'ai respiré très fort l'air qui venait de la mer. J'en voyais un morceau au bout de l'escalier qui descendait très raide vers le port, par delà l'impasse. Je crevais de faim. Il était près de deux heures.

Je ne regrettais pas ma fugue. Toute la journée, j'alternerai ainsi entre des réalités qu'on peut confondre quand on regarde grossièrement les choses. L'agression des deux garçons, c'était un autre morceau de puzzle. La misère. La frime. Je l'ai vue ce jour-là, Djawed. C'est dur. Ils vendent à la sauvette ce qu'ils viennent de piquer pour se payer des jeans qui arrivent de France à des prix exorbitants. Ou bien, ils draguent les touristes, l'insulte à la bouche : « Je te nique et je t'emmerde, et la provocatrice, c'est toi, même si ta jupe descend jusqu'aux chevilles, si tu ne bouffes pas de la semoule à longueur de semaine, toi, et comme dessert, de l'huile et du sucre sur un morceau de pain ! »

A certains moments, j'ai regretté le voile. Et puis, non, j'ai tort. Je ne veux pas regretter le voile. Moi, je n'ai pas envie de le porter. Je n'interdis à personne de le faire. Pas plus que je n'oblige les hommes à mettre le chèche et la gandoura chaque fois qu'ils ouvrent leur porte pour sortir !

Le regard des hommes dans la rue est une atteinte à la liberté. A toi d'y échapper en restant en prison. Tu vois le paradoxe, hein ? A la rigueur, puisqu'il faut bien manger, donc faire des commissions, tu t'enfermes dans un voile épais, une sorte de prison ambulante, quoi ! Et surtout, regarde droit devant toi, parce qu'en plus le regard, ton regard, est interdit d'expression !

J'ai voulu passer outre. J'ai voulu acquérir aujourd'hui une espèce de regard double : un qui voit ce qu'il a envie de voir et un qui triche, qui ne voit rien...

J'ai poursuivi ma balade jusqu'à la pêcherie. Les types au travail ne te voient pas. Tu deviens un insecte sur la jetée. Le travail est dur. Je me suis installée au soleil pour observer à mon tour les hommes au travail. Les hommes de mon pays au travail, parce qu'ils deviennent différents. Ils changent de regard. Les deux garçons qui m'avaient agressée étaient peut-être là, à chahuter sur le port. Un vieux m'a offert une orange.

Plus tard, j'ai pris la direction du Jardin d'Essai en passant par le centre ville. A Alger, il y a un carrefour, c'est la grand-poste. A droite, tu rejoins la casbah et Bab el Oued, le quartier populaire. A gauche, les quartiers chics et intellectuels. La démarcation est nette. Même à Alger on ne peut pas se tromper de trottoir.

Près de la grand-poste, j'ai failli prendre un bus bondé, mais il y avait des grappes de vieilles, la tête dévoilée — leur âge les a fait sortir de prison — qui criaient pour passer les premières. Elles se vengeaient d'avoir perdu leur jeunesse et c'était un triste spectacle de voir que personne ne pouvait comprendre ça. Je n'ai pas insisté.

C'est à ce moment-là, exactement au moment où je me détournais du bus, que j'ai vu Kamel. Et qu'il m'a vue.

Il avançait en compagnie d'une fille et d'un garçon. La fille riait, dévoilée, jeune, jolie, ça aurait pu être toi, Laure. Elle portait un jean étroit qui lui allait bien.

Je n'ai plus bougé. Tout le temps qu'ils ont mis pour arriver à ma hauteur dans la foule, je n'ai pas bougé. Kamel me ramenait cent ans en arrière.

C'est alors que j'ai repensé à ma fugue. J'étais partie depuis ce matin, neuf heures, et je l'avais oublié.

Et puis je ne sais pas ce qui s'est passé dans ma tête. J'ai senti une colère sourde me monter à la gorge. Et de l'écœurement. Pas tellement à cause de la lâcheté de Kamel en face de son père l'avant-veille. Ça, à la rigueur, je pouvais comprendre. Mais par rapport à moi, depuis dix jours, de quelle sorte de lâcheté s'agissait-il ? Est-ce qu'il n'aurait pas pu me dire : « Ecoute Sélima, tu es ma cousine, je ne peux rien pour toi en ce moment. Plus tard, oui... Mais on ne peut pas être copains tous les deux, à cause de la famille, ce n'est pas possible, tu comprends... » Au lieu de ça, les silences, les fuites, les réticences, comme s'il ne pouvait pas me dissocier du corps de la famille !

J'ai respiré un grand coup et j'ai dit :

— Bonjour... Tu me présentes tes copains ? en insistant sur le mot « copains ».

Il y a eu un moment de flottement pendant l'échange des poignées de mains. Puis j'ai senti qu'il allait dire des bêtises. Je l'ai devancé.

— S'il te plaît, ne me parle pas de ma fugue... Offre-moi un verre. Je suis morte de soif.

Et je me suis tournée vers les deux autres.

— J'ai fugué ce matin... Je me suis enfuie de chez les parents de Kamel pour visiter Alger tranquillement.

— Et... ça marche ? a dit la fille, qui avait l'air estomaquée.

— Comme sur des roulettes !... Je me suis fait agresser par deux types qui voulaient me violer et me voler. J'ai frotté le dos d'une vieille idole au hammam. J'ai bronzé à la pêcherie et un vieux bonhomme m'a offert une orange... Il m'est arrivé d'autres trucs, mais j'ai trop soif. On y va ?

C'est exactement comme ça que j'ai parlé.

Un peu plus tard, assise à l'ombre des platanes d'un café de l'université (les seuls cafés d'Alger où j'ai vu des filles sont ceux qui bordent l'université), j'ai attendu la riposte. Elle ne s'est pas fait attendre. Kamel a attaqué tout de suite :

— Mon père a failli appeler la police. Tout le monde est fou d'inquiétude à la maison... Est-ce que tu te rends compte des réalités, Sélima ? Est-ce que tu te rends compte de ça ? — Il a fait un geste vers la rue où passait un groupe de femmes voilées — Tu es pleine de bonnes intentions, tu cours partout à la recherche des traditions... Mais elles sont là aussi, les traditions !

J'attendais plutôt une engueulade de grand frère qui allait me ramener à la maison par la peau du cou. Etait-ce à cause de ses copains que Kamel se retenait ?

Depuis un quart d'heure, je le détestais. En fait,

depuis que j'avais vu sa copine. D'où la provocation de me faire inviter à boire. Et j'avais envie d'aller encore plus loin. Ses arguments ne m'impressionnaient pas. Pas encore.

Je me suis appuyée contre le dossier de ma chaise :

— A présent, écoute-moi, Kamel Jelloud et n'interprète pas de travers ce que je vais dire... Parce qu'il y a certaines choses que je veux dire depuis hier et depuis plus longtemps peut-être... Ecoute bien et n'inverse pas les rôles : celle qui devrait être furieuse ici, c'est moi ! Tu trouves peut-être qu'avec des gens comme moi le Maghreb ne bougera pas d'un poil. Je pense, moi, que ce n'est pas non plus grâce à des gens comme toi qu'il s'en sortira. Ça, c'est tout vu !... Ne m'interromps pas, je n'ai pas fini... Tu étais la seule personne qui pouvait servir d'intermédiaire entre moi et la famille. Tu pouvais profiter de mon séjour pour remettre en question l'étouffoir familial... Puisque, apparemment, hors de chez toi, tu ne défends pas le voile... Je t'aurais aidé, moi. Rappelle-toi, le premier jour, ça avait bien commencé, non ? Ça te faisait même rigoler de voir la tête de ton père et de ta mère après l'escapade à la casbah... Mais c'était le premier jour... Le premier jour, l'invité peut tout se permettre, hein ?... Mais après, Kamel, après, qu'est-ce qui s'est passé ? Tu t'es conduit comme un Frère Musulman, avec l'hypocrisie en plus parce que, au moins, les Frères Musulmans appellent un chat un chat, eux!... Et dire que je croyais au début que tu étais timide ou trop respectueux des parents! Tu m'as laissé me débrouiller seule contre l'étouffoir... Mais moi, Kamel, j'étais venue pour découvrir *mon* pays, pas pour rendre visite à la famille!

C'est à ce moment-là que le copain de Kamel a pris la parole. Kamel, lui, gardait les yeux baissés, inexpressif.

— Excuse-moi, a fait le type. Je ne te connais pas, mais je connais Kamel... Sa famille ressemble à la mienne. Lila — il a indiqué leur copine du menton — a plus de chance, elle. Ce que tu ne comprends pas, c'est les contradictions innombrables auxquelles on se heurte, et...

J'ai interrompu le garçon et ses analyses intellectuelles, qui noyaient le poisson. C'était surtout l'enflure des mots qui m'exaspérait. Et puis je voulais que Kamel réagisse.

— J'en ai rien à foutre des contradictions, moi! Elles existent partout les contradictions. En France, j'en connais tout un tas et grosses comme des montagnes! N'empêche, on ne fait pas semblant de ne pas les voir pour que ça fasse moins mal...

Ah! Djawed, après ces dix jours de mutisme

absolu, je débordais. Je me suis tournée de nouveau vers mon cousin.

— Ce ne sont pas les contradictions que je te reproche, Kamel. Mais bon sang! pourquoi ce silence entre nous, dis? Pas un signe de solidarité, rien, comme si vraiment je faisais partie du corps de ta mère... Je me suis sentie devenir intouchable, c'est dingue! On reproduisait toi et moi les mêmes rapports que nos parents... J'étais une femme, toi un homme: entre nous, le mur... Juste à l'endroit où tous les deux on aurait pu changer quelque chose... Et j'ai dû agir toute seule...

Ma fièvre retombait. Lila avait l'air de s'ennuyer. Kamel tournait la tête à demi vers les voitures et la rue. Toujours aussi inexpressif. C'est de nouveau son copain qui a pris la parole.

— Tu as agi seule, oui... C'est facile de planter sa merde comme tu l'as fait et puis de se sauver... Tu retournes en France, toi...

— Pardon, une merde c'est déjà quelque chose... C'est mieux que la constipation où vous êtes tous... Une merde, c'est un signe de vie, la constipation, c'est quand l'intérieur du corps est déjà malade et on en meurt, non?... Et d'abord, qui te dit, Kamel — c'est à lui que je m'adressais, uniquement à lui. Je sentais que quelque chose ne collait pas depuis le début. Il n'avait d'ailleurs pas l'air de m'en vouloir — qui te dit que je veuille rester toute ma vie en France?

Cette fois, il a pris la parole. Au moment où il a ouvert la bouche je l'ai revu le premier jour, quand il avait lancé à sa famille: «la cousine Sélima aime la préhistoire». Et j'ai eu peur de ce qu'il allait dire.

— A ta place, j'y resterais... Tu ne pourras jamais t'adapter au pays... Tu as une mentalité de Française. Il s'est arrêté une seconde avant de reprendre plus doucement parce qu'il avait dû voir mon haut-le-corps. La préhistoire seule t'intéresse... Si j'avais à me justifier, je dirais que ma lâcheté c'est rien d'autre que de la patience. La patience, c'est ma culture, pas la tienne, pas celle qu'on t'a fait avaler là-bas... Et il y a aussi la fatigue. On est fatigué à l'avance, c'est vrai... Par exemple, de s'apercevoir que le fric ici est aussi important qu'ailleurs. Le fric et les traditions, ça fait un drôle de ménage. La plupart d'entre nous se moquent des traditions, pas du fric. Ou bien il y en a qui rajoutent sur le folklore, ce qui n'est pas mieux... D'autres encore cherchent ailleurs les bonnes solutions, et ils vont loin pour ça: en Amérique, en Russie, en Chine... Toi, tu es plus française que tu ne le crois et c'est la même chose finalement... Ma complicité avec toi n'aurait servi à rien... Tu parles d'intermédiaire, mais c'est un écran protecteur que j'aurais été entre toi et ma famille!

Sur le coup, je n'ai pas compris. Je ne voulais pas comprendre. J'ai ravalé ma salive.

— Est-ce que... Est-ce que tu veux dire que... tu as laissé les choses se passer sans intervenir, *exprès ?* Pour que je me rende compte que c'était impossible ? ai-je demandé d'une voix blanche.

— Peut-être, oui, je crois. Kamel a baissé la tête d'un air gêné, puis il a repris très vite : je crois que tu n'es pas faite pour vivre ici, Sélima... Je ne sais comment te le dire... Mais il y a en toi quelque chose de fondamentalement étranger. Ce n'est pas une critique, comprends-moi... Je reconnais que ça peut paraître une facilité de penser cela, une forme de lâcheté. Le reste...

— Mais ça ne veut rien dire que je sois née en France !

J'ai eu un mouvement de panique. Je sentais que j'étais en train de me dédoubler. Kamel s'adressait à quelqu'un d'autre. Anne, encore un fantôme, regardait soudain ces femmes voilées sans comprendre. Elle avait un sourire un peu ironique pour Sélima. Manifestement, elle n'avait pas la moindre envie de me quitter, à présent qu'on l'avait rappelée.

— Pourquoi... Pourquoi en parler maintenant ? ai-je balbutié.

— Parce que tu vas partir, a dit Kamel.

Puis il s'est levé et on est rentré ensemble. Ça

n'avait plus aucune espèce d'importance. Mais je ne regrettais pas ma fugue. Et je sentais que Kamel m'approuvait au fond.

Rappelle-toi, Djawed, quand je t'ai dit à l'hôpital que je partais en Algérie et que je voulais y vivre, tu m'as répondu que si je m'apercevais que j'avais eu raison, je vienne te le dire. Te souviens-tu ?

Je ne sais pas si j'ai eu raison. Ce soir, je ne peux pas encore répondre. Je sais seulement que j'ai quelques raisons d'être ici et de m'y sentir bien... Mais aussi des tas d'autres d'y être mal, parce que je me demande si ces raisons ne sont pas seulement des prétextes pour fuir Anne et la France.

Peut-être suis-je Sélima à Alger parce que Anne est restée à Marseille. Peut-être aussi qu'en atterrissant à Marseille, il me manquera toute cette partie de moi, la Sélima qui est restée au pays ; mais je saurai qu'elle est bien là où elle est. Tu vois, c'est un drôle de méli-mélo !

Ce soir ma famille d'Alger est très malheureuse. Elle ne comprend pas ma fugue et je ne peux pas lui expliquer ce que je cherchais.

Le plus extraordinaire, c'est cette rencontre avec Kamel. Elle a remis en question tout le reste. Si elle n'avait pas eu lieu, peut-être Sélima aurait-elle trouvé d'autres réponses. Mais justement,

Sélima avait fugué pour faire des rencontres. C'est bien compliqué !

Je ne peux pas expliquer à Lalla Setti que j'aime en elle la vieille femme du hammam, celle dont j'ai frotté le dos.

Je ne peux pas dire à Leïla qu'elle se trompe en voulant venir vivre en France, qu'elle fait fausse route en singeant ces femmes de magazines, fantômes plus irréels encore que ceux qui traversent la rue devant nos fenêtres.

Ni à Leïla, ni à Setti, je ne peux expliquer ces choses-là. Je ne peux pas non plus déclarer à Faïza que sa sérénité n'est qu'apparente, qu'elle ne rêve que d'une chose : vivre sans belle-mère, seule avec son mari là-bas dans le sud, même au milieu du Sahara, à l'ombre des derricks.

Même si je l'aime beaucoup, je ne peux pas convaincre ma tante Zara que toutes les salles de bain privées du monde ne vaudront jamais le petit hammam avec son marbre rose tout abîmé et ses bancs de jardin public.

De même, je ne pourrai jamais faire comprendre à mon oncle Ferhat qu'il a tort de vouloir quitter Bab el Oued pour Hydra et qu'il est d'une génération tout à fait perdue.

Et à qui pourrais-je bien expliquer que je n'ai pas encore épuisé toutes les manières d'être Anne et toutes les manières d'être Sélima ? Il doit y en avoir d'autres dans mon cas, mais cela ne règle pas la question non plus.

Une seule chose est certaine : c'est ce que je répondrai ce soir au douanier à la tête de fouine. Je lui dirai que je m'appelle Anne ici et Sélima là-bas. Ou bien l'inverse. Peu importe !

Et j'espère qu'en lisant ces lignes, ma famille — père et mère, oncle et tante, cousins et cousines — comprendra mieux tout ce que je n'ai jamais osé ou pu lui dire.

FIN

Achevé d'imprimer le 28 avril 1989
sur les presses de la Nouvelle imprimerie Duculot à Gembloux